必考！
新日檢N5
文字・語彙

本間岐理　著

作者からの言葉

　単語を覚えるのは大変なことですよね。似たような発音や字が並んだ単語が多くあり、皆さん覚えるのに苦労していることでしょう。私も外国語を勉強する時にはいつも苦労しています。しかし、外国語を学ぶためには、単語を覚えることは欠かせないことで、単語力こそ外国語を上達させる重要なものなのです。大変ですが、一つでも多く覚えなければならないのです。

　この本は、N5の検定試験を目指している方や日本語の基礎単語を学びたいと思っている方々など多くの学習者に、少しでも簡単に早く単語が覚えられるように考えられて書かれています。品詞毎はもちろん、更にその中でもテーマ毎に分けられ、関連した単語がまとまって、覚えやすく提出されてあります。例文もN5の検定試験に必要な文法を用いて作られているので、例文を読むことで、単語の使い方だけではなく、文法も確認できるようになっています。さらに、日本語を教えている中で気づいた中国語を母国語とする日本語学習者が陥りやすい単語や発音の間違いなども紹介されています。

　この本を通じて、多くの学習者が効果的に学習でき、一人でも検定試験受験者がN5に合格できるようにと願っています。また、この本の出版にあたり、忙しい中翻訳を助けてくださった方々、多くのアドバイスや支持をしてくださった瑞蘭出版社の皆様に感謝いたします。

本間岐理

作者的話

　　背單字是件苦差事對吧？很多單字都是相似的發音或字連在一塊，大家在背誦時想必吃了不少苦頭吧。我自己在學外語時也總是如此。然而，為了學好外語，背單字是不可或缺的事，外語能力提升最重要的條件正是單字實力。雖然辛苦，但即使多背一個單字，也一定是越多越好。

　　這本書，是為了讓準備新日檢 N5 的考生、以及想要學習基礎日語單字等眾學習者，比較容易又快速地背好單字而撰寫。除了當然有以詞性來分類之外，其中又用主題來分類，統整相關單字，以好記的方式呈現出來。而例句也使用了新日檢 N5 必考的文法，所以讀例句不只是認識單字用法，也能夠確認文法。另外，本書還介紹了我在教授日語時察覺到，母語為中文的日語學習者容易混淆的單字和錯誤的發音。

　　期望透過這本書，眾多學習者能有效學習，以及更多的應考者能通過新日檢 N5。最後，這本書得以出版，要感謝百忙中幫忙翻譯的各位，以及給予許多建議與支持的瑞蘭出版社同仁。

本間岐理

（林家如　譯）

如何使用本書

第一章　語彙

詞性＋主題分類

以詞性分成「名詞」、「動詞」、「形容詞」、「副詞」……等，又以主題細分，例如名詞有「交通」、「建築物」、「指示語」……等主題，讓您有系統地背誦！

MP3 序號

背誦語彙及例句的同時，聽聽老師怎麼唸，學習最正確的發音。多聽、多唸，記得更快！

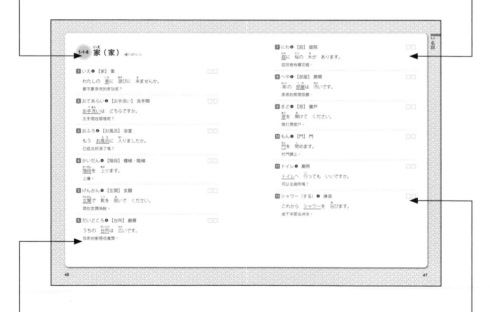

語彙與例句

每個語彙除了讀音、中譯外，還標示重音、漢字及例句，讓您輕鬆掌握用法！

背誦 check！

每背誦語彙一次就在 check 框裡打勾，反覆背誦，記憶最深刻！

同義、反義字

　　形容詞更補充同義、反義字，
舉一反三記憶更迅速！

練習問題

　　記完語彙，寫一寫練習問題，
立即驗收讀書成效！

解答、問題解析

　　做完習題記得對解答、原文
與中譯，確認是否都了解透徹。

⟵ **8** おもしろい **4**【面白い】 有趣的
　　12 たのしい **5**【楽しい】 快樂的

14 つめたい **6**【冷たい】 冰涼的　　□□
　　冷たい ジュースが 飲みたいです。
　　想喝冰涼的果汁。
⟵ **3** あつい **2**【熱い】 燙的
　　注意：參考 **3**「熱い」（炙熱的）、**10**「寒い」（寒冷的）的注意。

15 まずい **7**【不味い】 難吃的　　□□
　　父が 作った 料理は まずいです。
　　爸爸做的料理很難吃。
⟵ **8** おいしい **9**【美味しい】 美味的

練習問題 1

1. きょうは とても あついです。
　　①熱　　　②暑　　　③厚　　　④夏
2. この カレーは とても からいです。
　　①辛　　　②幸　　　③宰　　　④寧
3. この ジュースは つめたくて、おいしいです。
　　①冷　　　②寒　　　③涼　　　④凍
4. にほんごの じゅぎょうは たのしいです。
　　①楽　　　②悲　　　③喜　　　④嬉
5. この えいがは こわいです。
　　①怖　　　②布　　　③希　　　④柿

解答：1.② 2.① 3.① 4.① 5.①

問題解析 1

1. 今日はとても暑いです。 今天非常熱。
2. このカレーはとても辛いです。 這個咖喱非常辣。
3. このジュースは冷たくて、おいしいです。 這個果汁又冰涼又好喝。
4. 日本語の授業は楽しいです。 日文課很開心。
5. この映画は怖いです。 這部電影很恐怖。

1-3 形容詞

175

5

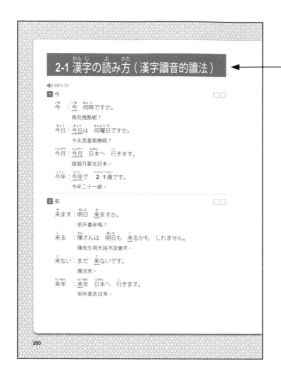

第二章　漢字

　　長得太像的、容易用錯的漢字大統整！詳盡的漢字比較、說明，有效助您釐清盲點，建立最正確的觀念！

第三章　招呼用語

　　不論是初次見面、與人分開還是拜訪他人，此章節彙整各種情境下與人問候的用語，並清楚說明用語之間的使用時機、用法差異，讓您應考時馬上能找出正確答句！

6

第四章　模擬試題＋解析

本書最後一章節，完整模擬新日檢 N5 文字・語彙題型並附上解析，讓您上考場前實際演練，測試熟讀成效。

4-1 模擬試題

もんだい1 つぎの　ぶんの　＿＿＿＿の　ことばは　どう
　　　　　よみますか。　それぞれ　1.2.3.4.の　なかから
　　　　　いちばん　いい　ものを　ひとつ　えらびなさい。

① いま　四時　です。
　1. しじ　　2. よんじ　　3. よじ　　4. よっじ

② わたしの　くるまは　青です。
　1. あお　　2. あか　　3. くろ　　4. しろ

③ すみません、これを　持って　ください。
　1. かって　　2. きって　　3. もって　　4. まって

④ きょうは　水ようびです。
　1. もく　　2. すい　　3. か　　4. にち

⑤ この　はこの　中に　おかしが　あります。
　1. ちゅう　　2. じゅう　　3. よこ　　4. なか

⑥ いすの　後ろに　こどもが　います。
　1. あと　　2. うし　　3. ほう　　4. まえ

⑦ みかんが　八つ　あります。
　1. むっ　　2. よっ　　3. やっ　　4. ここの

4-2 解答＋問題解析

解答

問題1

① 3　② 1　③ 3　④ 2　⑤ 4　⑥ 2　⑦ 3　⑧ 3　⑨ 1　⑩ 4
⑪ 2　⑫ 3

問題2

⑬ 3　⑭ 2　⑮ 1　⑯ 1　⑰ 2　⑱ 3　⑲ 2　⑳ 1

問題3

㉑ 2　㉒ 2　㉓ 4　㉔ 1　㉕ 3　㉖ 4　㉗ 2　㉘ 1　㉙ 4　㉚ 3

問題4

㉛ 3　㉜ 4　㉝ 1　㉞ 3　㉟ 4

問題解析

問題1 次の　文の　＿＿＿＿の　言葉は　どう　読みますか。
　　　　それぞれ　1.2.3.4.の　中から　一番　いい　ものを
　　　　1つ　選びなさい。

問題1 以下句子劃＿＿＿＿的語彙怎麼唸呢？請從1.2.3.4.
中選出一個最佳答案。

① 今四時です。　現在是四點。
② わたしの車は青です。　我的車是藍色的。
③ すみません、これを持ってください。　不好意思，請帶著這個。
④ 今日は水曜日です。　今天是星期三。
⑤ この箱の中にお菓子があります。　這個盒子中有點心。
⑥ 椅子の後ろに子供がいます。　椅子的後面有小朋友。
⑦ みかんが八つあります。　柑橘有八個。
⑧ わたしは髪が短いです。　我的頭髮很短。
⑨ ここに座ってもいいですか。　坐在這邊可以嗎？
⑩ 小さいテレビがほしいです。　想要小台的電視。
⑪ あの方はどなたですか。　那一位是哪一位呢？
⑫ まだ少し時間があります。　還有一些時間。

7

目　次

第一章　語彙　11

1-1　名詞　12

ごい
語彙（語彙）

本章語彙以詞性分成「名詞」、「動詞」、「形容詞」、「副詞」、「接頭語・接尾語」、「疑問詞・接續詞」等，再以主題細分，例如名詞有「交通」、「建築物」、「指示語」、「學校」、「飲食」……等主題。另外也做了同義、反義之比較，讓您必考語彙輕鬆記牢！

1-1 名詞（名詞）
<ruby>名<rt>めい</rt></ruby><ruby>詞<rt>し</rt></ruby>

 1-1-1 <ruby>人<rt>ひと</rt></ruby>（人） 🔊 MP3-01

<ruby>家族<rt>か ぞく</rt></ruby>（家人）

＊ 　　　：説話者對別人提及自己家人時的稱呼

＊（　）：説話者對別人家人的稱呼

<ruby>祖父<rt>そ ふ</rt></ruby>
（<ruby>お爺<rt>じい</rt></ruby>さん）
爺爺

<ruby>祖母<rt>そ ぼ</rt></ruby>
（<ruby>お婆<rt>ばあ</rt></ruby>さん）
奶奶

<ruby>祖父<rt>そ ふ</rt></ruby>
（<ruby>お爺<rt>じい</rt></ruby>さん）
外公

<ruby>祖母<rt>そ ぼ</rt></ruby>
（<ruby>お婆<rt>ばあ</rt></ruby>さん）
外婆

<ruby>夫<rt>おっと</rt></ruby>
（<ruby>ご主人<rt>しゅじん</rt></ruby>）
丈夫

<ruby>家内<rt>か ない</rt></ruby>・<ruby>妻<rt>つま</rt></ruby>
（<ruby>奥<rt>おく</rt></ruby>さん）
妻子

<ruby>子供<rt>こ ども</rt></ruby>
（<ruby>お子<rt>こ</rt></ruby>さん）
小孩

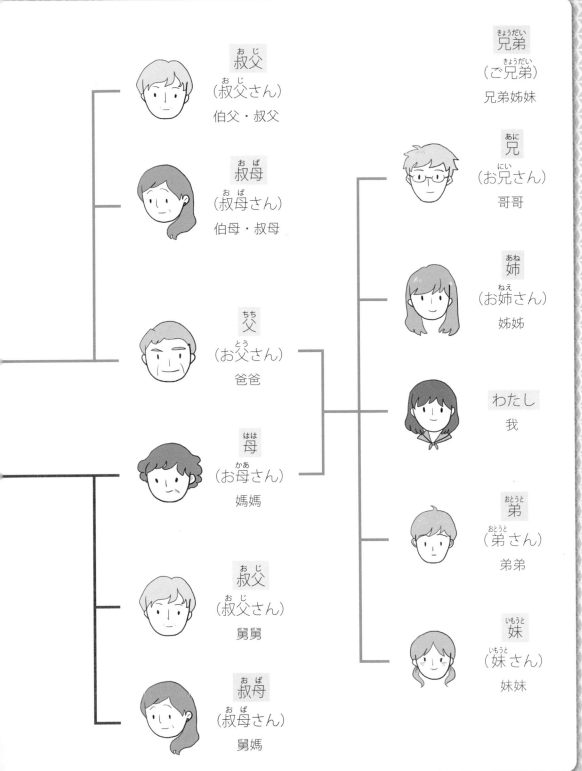

叔父
（叔父さん）
伯父・叔父

叔母
（叔母さん）
伯母・叔母

父
（お父さん）
爸爸

母
（お母さん）
媽媽

叔父
（叔父さん）
舅舅

叔母
（叔母さん）
舅媽

兄弟
（ご兄弟）
兄弟姉妹

兄
（お兄さん）
哥哥

姉
（お姉さん）
姉姉

わたし
我

弟
（弟さん）
弟弟

妹
（妹さん）
妹妹

1 あに❶【兄】 家兄 ☐☐

2 あね❶【姉】 家姉 ☐☐

3 いもうと❹【妹】 舍妹 ☐☐

4 いもうとさん❶【妹さん】 令妹 ☐☐

5 おかあさん❷【お母さん】 對自己或他人母親的敬稱 ☐☐

6 おくさん❶【奥さん】 夫人、尊夫人 ☐☐

7 おじ❶【叔父】 伯、叔、姑、舅父 ☐☐

8 おじいさん❷【お爺さん】 對自己或他人爺爺的敬稱 ☐☐

9 おじさん❶【叔父さん】 對自己或他人伯、叔、姑、舅父的敬稱 ☐☐

10 おっと❶【夫】 丈夫 ☐☐

11 おとうさん❷【お父さん】 對自己或他人父親的敬稱 ☐☐

12 おとうと❹【弟】 舍弟 ☐☐

13 おとうとさん❶【弟さん】 令弟 ☐☐

14 おとこ❸【男】 男生 ☐☐

15 おとこのこ❸【男の子】 男孩 ☐☐

16 おにいさん❷【お兄さん】 對自己或他人哥哥的敬稱 ☐☐

17 おねえさん **❷** 【お姉さん】　對自己或他人姊姊的敬稱　☐☐

18 おば **⓪** 【叔母】　伯、叔、姑、舅母　☐☐

19 おばあさん **❷** 【お婆さん】　對自己或他人奶奶的敬稱　☐☐

20 おばさん **⓪** 【叔母さん】　對自己或他人伯、叔、姑、舅母的敬稱　☐☐

21 おんな **⓪** 【女】　女生　☐☐

22 おんなのこ **❸** 【女の子】　女孩　☐☐

23 かた **❷** 【方】　「人」的敬稱　☐☐

24 かない **❶** 【家内】　妻子、內人　☐☐

25 かぞく **❶** 【家族】　家族、家人　☐☐

26 きょうだい **❶** 【兄弟】　兄弟姊妹　☐☐

27 こども **⓪** 【子供】　小孩　☐☐

28 しゅじん **❶** 【主人】　丈夫　☐☐

29 そふ **❶** 【祖父】　祖父　☐☐

30 そぼ **❶** 【祖母】　祖母　☐☐

31 ちち **❷** 【父】　家父　☐☐

32 つま **❶** 【妻】　妻子　☐☐

33 ともだち **⓪** 【友達】　朋友　☐☐

34 はは ❶ 【母】 家母 ☐ ☐

35 ひと ⓪ 【人】 人 ☐ ☐

練習問題

1. へやで 弟が ねて います。
　①おとおと　　②おとうと　　③おどおど　　④おどうど

2. お父さんは 50さいです。
　①ちち　　　　②とう　　　　③どう　　　　④どお

3. 兄弟が いますか。
　①きゅだい　　②きょだい　　③きょうだい　　④きゅうだい

4. ご主人は どちら ですか。
　①しゅうじん　②しゅうにん　③しゅじん　　④しゅにん

5. わたしの 兄は せんせいです。
　①あね　　　　②あに　　　　③はは　　　　④ちち

6. おねえさんは なにを して いますか。
　①母　　　　　②父　　　　　③兄　　　　　④姉

7. おっとは 会社へ いきました。
　①主人　　　　②妻　　　　　③夫　　　　　④弟

8. いま つまは いません。
　①妻　　　　　②主人　　　　③夫　　　　　④祖父

9. これは　そぼから　もらいました。

①祖父　　　　　②主人　　　　　③祖母　　　　　④夫

解答：1. ②　2. ②　3. ③　4. ③　5. ②　6. ④　7. ③　8. ①　9. ③

問題解析

1. 部屋で弟が寝ています。　弟弟正在房間睡覺。

2. お父さんは５０歳です。　爸爸五十歲。

3. 兄弟がいますか。　有兄弟姊妹嗎？

4. ご主人はどちらですか。　您先生是哪位呢？

5. わたしの兄は先生です。　我的哥哥是老師。

6. お姉さんは何をしていますか。　姊姊在做什麼呢？

7. 夫は会社へ行きました。　老公去公司了。

8. 今妻はいません。　現在妻子不在。

9. これは祖母からもらいました。　這是從祖母那收到的。

身分・職業・動物（身分、職業、動物）

MP3-03

A：身分・職業（身分、職業）

1 いしゃ ⓪【医者】 醫生

2 おきゃくさん ④【お客さん】 客人

3 がいこくじん ④【外国人】 外國人

4 がくせい ⓪【学生】 學生

5 せいと ①【生徒】 學生

6 せんせい ③【先生】 老師

B：動物（動物）

1 いぬ ②【犬】 狗

2 うし ⓪【牛】 牛

3 うま ②【馬】 馬

4 ぞう ①【象】 大象

5 とり ②【鳥】 鳥、雞

6 ねこ ①【猫】 貓

練習問題

1. いえに　いぬが　3びき　います。

①大　　　　　②太　　　　　③木　　　　　④犬

2. まどの　そばに　とりが　います。

①鳥　　　　　②島　　　　　③嶋　　　　　④鶏

3. 医者に　なりたいです。

①いしゅ　　　②いしゃ　　　③いしょ　　　④いじゃ

4. この　がっこうに　外国人が　たくさん　います。

①がいこくにん　②がいごくにん　③がいこくじん　④がいごくじん

5. わたしは　まだ　（　　　）です。はたらいて　いません。

①おきゃくさん　②いしゃ　　　③がくせい　　　④せんせい

解答：1.④　2.①　3.②　4.③　5.③

問題解析

1. 家に犬が3匹います。　家裡有三隻狗。

2. 窓の側に鳥がいます。　窗戶的旁邊有鳥。

3. 医者になりたいです。　我想成為醫生。

4. この学校に外国人がたくさんいます。　這間學校有很多外國人。

5. わたしはまだ学生です。はたらいて　いません。

我還是學生。還沒有工作。

1-1-3 交通（交通） 🔊 MP3-04

1 くるま ⓪ 【車】 車 ☐☐

朝は 車が 多いです。

早上車子很多。

2 こうつう ⓪ 【交通】 交通 ☐☐

日本は 交通が 便利です。

日本交通很便利。

3 じてんしゃ ② 【自転車】 自行車 ☐☐

弟は 自転車に 乗る ことが できません。

弟弟不會騎自行車。

4 じどうしゃ ② 【自動車】 汽車 ☐☐

いつも 自動車で 学校へ 行きます。

總是開車去學校。

5 しんかんせん ③ 【新幹線】 新幹線 ☐☐

新幹線に 乗った ことが ありません。

沒有搭乘過新幹線。

6 ちかてつ ⓪ 【地下鉄】 地下鐵 ☐☐

わたしの 家は 地下鉄の 駅に 近いです。

我家離地下鐵的車站很近。

7 でんしゃ **⓪** 【電車】 電車 　　　☐☐

でんしゃ　　　　　　　　　　はや
電車は　バスより　速いです。

電車比巴士快。

8 ひこうき **❷** 【飛行機】 飛機 　　　☐☐

たいわん　　　にほん　　　ひ こう き　　　よ じ かん
台湾から　日本まで　飛行機で　4時間　ぐらいです。

從臺灣到日本搭飛機要四個小時左右。

9 タクシー **❶** 計程車 　　　☐☐

べん り　　　　　　ね だん　　　たか
タクシーは　便利ですが、値段が　高いです。

計程車很方便，但是費用高。

10 バイク **❶** 摩托車 　　　☐☐

あたら　　　　　　　　　　か
新しい　バイクを　買いました。

買了新的摩托車。

11 バス **❶** 巴士 　　　　　　　　　　.　☐☐

き
まだ　バスが　来ません。

巴士還沒有來。

練習問題

1. 飛行機が　とんで　います。

　①ひこおき　　　②ひこき　　　③ひいこき　　　④ひこうき

2. 自転車で　がっこうへ　いきます。

　①じんでしゃ　　②じでんしゃ　　③じてんしゅ　　④じてんしゃ

3. あの　自動車は　せんせいのです。

　①じどうしゅ　　②じどうしゃ　　③じどうしょ　　④じどしゃ

4. 新幹線は　でんしゃより　はやいです。

　①しんかんせん　②しかんせん　　③しんかせん　　④しんかんせ

5. （　　　）の　うんてんは　あぶないです。

　①バイク　　　　②ホテル　　　　③テレビ　　　　④バイト

6. （　　　）で　きょうとへ　いきます。

　①セクシー　　　②スキー　　　　③タクシー　　　④サッカー

解答：1.④　2.④　3.②　4.①　5.①　6.③

問題解析

1. <ruby>飛行機<rt>ひこうき</rt></ruby>が<ruby>飛<rt>と</rt></ruby>んでいます。　飛機在飛。

2. <ruby>自転車<rt>じてんしゃ</rt></ruby>で<ruby>学校<rt>がっこう</rt></ruby>へ<ruby>行<rt>い</rt></ruby>きます。　騎腳踏車去學校。

3. あの<ruby>自動車<rt>じどうしゃ</rt></ruby>は<ruby>先生<rt>せんせい</rt></ruby>のです。　那台車是老師的。

4. <ruby>新幹線<rt>しんかんせん</rt></ruby>は<ruby>電車<rt>でんしゃ</rt></ruby>より<ruby>早<rt>はや</rt></ruby>いです。　新幹線比電車快。

5. バイクの<ruby>運転<rt>うんてん</rt></ruby>は<ruby>危<rt>あぶ</rt></ruby>ないです。　騎摩托車很危險。

6. タクシーで<ruby>京都<rt>きょうと</rt></ruby>へ<ruby>行<rt>い</rt></ruby>きます。　搭計程車去京都。

1-1-4 学校（學校）
<ruby>学校<rt>がっこう</rt></ruby>

A：文具（文具） 🔊 MP3-05
<ruby>文具<rt>ぶんぐ</rt></ruby>

1 えんぴつ **0**【鉛筆】 鉛筆 ☐☐

<ruby>鉛筆<rt>えんぴつ</rt></ruby>で <ruby>書<rt>か</rt></ruby>いて ください。

請用鉛筆寫。

....

2 かみ **0**【紙】 紙 ☐☐

<ruby>紙<rt>かみ</rt></ruby>を <ruby>1枚<rt>いちまい</rt></ruby> ください。

請給我一張紙。

....

3 けしごむ **0**【消しゴム】 橡皮擦 ☐☐

<ruby>消<rt>け</rt></ruby>しゴムは <ruby>1<rt>ひと</rt></ruby>つ <ruby>50円<rt>ごじゅうえん</rt></ruby>です。

橡皮擦一個五十日圓。

....

4 てちょう **0**【手帳】 記事本 ☐☐

これは <ruby>誰<rt>だれ</rt></ruby>の <ruby>手帳<rt>てちょう</rt></ruby>ですか。

這是誰的記事本呢？

....

5 はさみ **3 2**【鋏】 剪刀 ☐☐

はさみが ありますか。

有剪刀嗎？

....

6 コピー **1** 影本 ☐☐

この <ruby>資料<rt>しりょう</rt></ruby>の コピーが ありますか。

有這份資料的影本嗎？

7 コンピューター ❸ 電腦　　☐☐

この　<u>コンピューター</u>は　どこの　ですか。

這個電腦是哪家公司的呢？

---

8 シーディー（CD）❸ 光碟　　☐☐

<ruby>毎日<rt>まいにち</rt></ruby>　<ruby>英語<rt>えいご</rt></ruby>の　<ruby>CD<rt>シーディー</rt></ruby>を　<ruby>聞<rt>き</rt></ruby>いて　います。

每天都聽英文CD。

---

9 シャープペンシル ❹ 自動鉛筆　　☐☐

これは　<u>シャープペンシル</u>ですか、ボールペン　ですか。

這是自動鉛筆嗎？還是原子筆呢？

---

10 テープ ❶ 膠帶　　☐☐

<u>テープ</u>は　どこに　ありますか。

膠帶在哪裡呢？

---

11 パソコン ⓪ 個人電腦　　☐☐

この　<u>パソコン</u>、<ruby>今<rt>いま</rt></ruby>　<ruby>使<rt>つか</rt></ruby>って　いますか。

這台個人電腦，現在有人用嗎？

---

12 ペン ❶ 筆　　☐☐

この　<ruby>赤<rt>あか</rt></ruby>い　<u>ペン</u>は、<ruby>誰<rt>だれ</rt></ruby>のですか。

這隻紅筆是誰的呢？

---

13 ホッチキス ❶ 訂書機　　☐☐

これは　<u>ホッチキス</u>です。

這是訂書機。

14 ボールペン ❹ 原子筆 □□

ボールペンで 書_かかないで ください。

請不要用原子筆寫。

15 ノート ❶ 筆記本 □□

ノートを 3冊_{さんさつ} ください。

請給我三本筆記本。

練習問題

1. 鉛筆で かいてください。

　①えんぴつ　　　②えぴつ　　　　③えんびつ　　　④えびつ

2. 紙を 5まい ください。

　①てちょう　　　②かみ　　　　　③きって　　　　④ノート

3. いえに （　　　）が 2だい あります。

　①ノート　　　　②ホッチキス　　③コピー　　　　④パソコン

4. （　　　）を 3ぼん かいました。

　①ノート　　　　②てちょう　　　③けしごむ　　　④シャープペンシル

5. （　　　）で かみを きります。

　①ペン　　　　　②はさみ　　　　③てちょう　　　④けしごむ

解答：1.①　2.②　3.④　4.④　5.②

1. 鉛筆で書いてください。　請用鉛筆寫。

2. 紙を5枚ください。　請給我五張紙。

3. 家にパソコンが2台あります。　家裡有二台個人電腦。

4. シャープペンシルを 3 本買いました。　買了三支自動鉛筆。

5. はさみで紙を切ります。　用剪刀剪紙。

B：言語（語言）　🔊 MP3-06

1 えいご ⓪ 【英語】 英文　☐☐

英語は　あまり　上手では　ありません。

我不太擅長英文。

2 ちゅうごくご ⓪ 【中国語】 中文　☐☐

中国語で　話して　ください。

請用中文説。

3 にほんご ⓪ 【日本語】 日文　☐☐

日本語は　難しいですが、面白いです。

日文很難，但很有趣。

C：その他（其他）　🔊 MP3-07

1 こたえ ❷ 【答え】 答案　☐☐

この　問題の　答えは　何ですか。

這題的答案是什麼呢？

2 さくぶん ⓪ 【作文】 作文　☐☐

日本語の　作文は　難しいです。

日文的作文很難。

3 しつもん ⓪ 【質問】 問題　☐☐

何か　質問は　ありませんか。

有沒有什麼問題呢？

4 じしょ❶【辞書】 字典

ちょっと　辞書を　借りても　いいですか。

可以借用一下字典嗎？

5 しりょう❶【資料】 資料

資料は　もう　出しましたか。

資料已經交了嗎？

6 しゅくだい❶【宿題】 作業

宿題を　忘れて　しまいました。

忘了寫作業。

7 じゅぎょう❶【授業】 課

会話の　授業は　10時からです。

會話課從十點開始。

8 ほん❶【本】 書

その　本は、先生の　本ですか。

這本書是老師的書嗎？

9 もんだい❶【問題】 問題

この　問題を　教えて　くれませんか。

可以教我這題嗎？

10 れんしゅう❶【練習】 練習

毎日　ピアノの　練習を　します。

每天練習鋼琴。

11 テスト ❶ 考試

来週 月曜日から 水曜日まで テストが あります。
（らいしゅう　げつようび　すいようび）

下星期一到星期三有考試。

12 レポート ❷ 報告

明日までに レポートを 出して ください。
（あした　　だ）

請在明天以前交報告。

> 練習問題

1. 英語を ならって います。
　①ええご　　　　②えいご　　　　③えいごう　　　④えごう

2. にほんごの 授業は おもしろいです。
　①じゅうぎょう　②じゅぎょ　　　③じゅぎょう　　④じゅっぎょう

3. この もんだいは むずかしいです。
　①資料　　　　　②宿題　　　　　③作文　　　　　④問題

4. あしたは （　　　　）が ありますから、べんきょうしなければ
　なりません。
　①テープ　　　　②テニス　　　　③テント　　　　④テスト

5. この （　　　　）を コピーして ください。
　①しつもん　　　②じゅぎょう　　③しりょう　　　④にほんご

解答：1.② 2.③ 3.④ 4.④ 5.③

29

1. 英語を習っています。　正在學英文。

2. 日本語の授業は面白いです。　日文課是有趣的。

3. この問題は難しいです。　這個問題很難。

4. 明日はテストがありますから、勉強しなければなりません。

   明天有考試，不得不讀書。

5. この資料をコピーしてください。　請影印這份資料。

1-1-5 指示語（指示語）

A：物（人事物） 🔊 MP3-08

1 あの（＋名詞） ❷ ☐☐

那〜（指離說話者和聽話者都遙遠的「那〜」）

<u>あの</u>　人は　誰ですか。

那個人是誰呢？

. . . .

2 あれ❷　那個（指離說話者和聽話者都遙遠的「那個」） ☐☐

<u>あれ</u>を　取って　ください。

請拿那個。

. . . .

3 この❷　這〜 ☐☐

<u>この</u>　ワインは　イタリアのです。

這瓶葡萄酒是義大利的。

. . . .

4 これ❷　這個 ☐☐

<u>これ</u>は　どこの　カメラですか。

這個是哪裡的相機呢？

. . . .

5 その（＋名詞） ❷　那〜 ☐☐

<u>その</u>　チョコレートは　いくらですか。

那個巧克力多少錢呢？

. . . .

6 それ❷　那個 ☐☐

すみません、<u>それ</u>を　ください。

不好意思，請給我那個。

🔊 MP3-09

1 あそこ ⓪ 那裡（指離說話者和聽話者都遙遠的「那裡」） ☐☐

あそこは　何ですか。

那裡有什麼呢？

----

2 あちら ⓪ 那邊 ☐☐

ワインは　あちらです。

酒在那邊。

----

3 あっち ❸ 那裡 ☐☐

トイレは　あっちです。

廁所在那裡。

----

4 ここ ⓪ 這裡（指說話者所在的場所） ☐☐

ここは　台湾です。

這裡是臺灣。

----

5 こちら ⓪ 這邊 ☐☐

すみませんが、こちらに　来て　ください。

不好意思，請來這邊。

----

6 こっち ❸ 這裡 ☐☐

こっちに　日本の　本が　ありますよ。

這裡有日本的書喔。

----

7 そこ ⓪ 那裡（指聽話者所在的場所） ☐☐

トイレは　そこです。

廁所在那裡。

8 そちら ⓪　那邊 ☐☐

どうぞ、そちらに　座って　ください。
<ruby>座<rt>すわ</rt></ruby>

請坐在那邊。

. . . .

9 そっち ❸　那裡 ☐☐

<ruby>果物<rt>くだもの</rt></ruby>は　そっちです。

水果在那裡。

[練習問題]

1.（　　　）は　コンピューターです。
①これ
②それ
③あれ
④どこ

2.（　　　）は　トイレです。
①ここ
②そこ
③あそこ
④どこ

3. せんせいの　ほんは　（　　　）です。
①あれ
②これ
③どこ
④それ

4.（　　　　）は　なんですか。

　①ここ

　②それ

　③あれ

　④これ

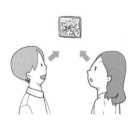

5.（　　　　）は　あぶないですよ。

　①あっち

　②こっち

　③あちら

　④そっち

解答：1.①　2.③　3.④　4.③　5.④

問題解析

1. これはコンピューターです。　這個是電腦。

2. あそこはトイレです。　那裡是廁所。

3. 先生の本はそれです。　老師的書是那個。

4. あれは何ですか。　那個是什麼呢？

5. そっちは危ないですよ。　那裡很危險喔。

1-1-6 地点・建物・位置（地點、建築物、位置）

ちてん たてもの いち

🔊 MP3-10

1 いけ ❷【池】 池塘 ☐☐

いけ とかな
池に　魚が　たくさん　います。

池塘裡有很多魚。

....

2 いりぐち ❶【入り口】 入口 ☐☐

い ぐち
入り口は　どこですか。

入口在哪裡呢？

....

3 がいこく ❶【外国】 國外 ☐☐

がいこく い
外国へ　行った　ことが　ありません。

沒有去過國外。

....

4 でぐち ❶【出口】 出口 ☐☐

で ぐち
ここが　出口です。

這裡是出口。

....

5 てんらんかい ❸【展覧会】 展覽 ☐☐

らいしゅう てんらんかい み い
来週　展覧会を　見に　行きませんか。

下星期要一起去看展覽嗎？

....

6 ところ ❶【所】 地點、位置 ☐☐

おおさか
大阪は　にぎやかな　ところです。

大阪是熱鬧的地方。

7 まち❷【町】 城鎮 □□

京都は　古い　町です。

京都是古老的城鎮。

8 みせ❷【店】 店 □□

あの　店の　コーヒーは　おいしいです。

那家店的咖啡很美味。

9 みち❿【道】 道路 □□

この　道を　まっすぐ　行って　ください。

請沿這條路直直走。

10 や❶【屋】 屋、店 □□

日曜日　花屋へ　行きたいです。

星期日想去花店。

11 エスカレーター❹　電扶梯 □□

エスカレーターで　8階へ　行きます。

搭電扶梯前往八樓。

12 エレベーター❸　電梯 □□

エレベーターは　あちらです。

電梯在那邊。

13 レジ❶　櫃檯 □□

レジで　お金を　払います。

在櫃檯付錢。

練習問題 1

1. <u>でぐち</u>は　どこですか。

①田口　　　　　②出口　　　　　③山口　　　　　④入口

2. ここは　<u>ほん</u>屋です。

①花　　　　　　②本　　　　　　③魚　　　　　　④傘

3. <u>いけ</u>に　さかなが　います。

①海　　　　　　②川　　　　　　③湖　　　　　　④池

4. いつも　この　<u>道</u>を　とおって、がっこうへ　いきます。

①みち　　　　　②みじ　　　　　③みぢ　　　　　④みつ

解答：1. ②　2. ②　3. ④　4. ①

問題解析 1

1. <u>出口</u>はどこですか。　出口在哪裡呢？

2. ここは<u>本屋</u>です。　這裡是書店。

3. <u>池</u>に魚がいます。　池塘裡有魚。

4. いつもこの<u>道</u>を通って、学校へ行きます。　總是經由這條路去學校。

1.（　　　）へ　いったことが　ありません。

　　①がくせい　　　　②いりぐち　　　　③かいだん　　　　④がいこく

2.とうきょうは　にぎやかな　（　　　）です。

　　①どちら　　　　　②ところ　　　　　③くに　　　　　　④にく

3.（　　　）と　じかんを　おしえて　ください。

　　①ばしょ　　　　　②とけい　　　　　③でんわ　　　　　④でんしゃ

4.あしが　いたいですから、（　　　）を　つかいましょうか。

　　①レストラン　　　　　　　　②アルバイト

　　③コンピューター　　　　　　④エスカレーター

解答：1.④　2.②　3.①　4.④

問題解析 2

1. <ruby>外国<rt>がいこく</rt></ruby>へ<ruby>行<rt>い</rt></ruby>ったことがありません。　沒有去過國外。

2. <ruby>東京<rt>とうきょう</rt></ruby>はにぎやかなところです。　東京是熱鬧的地方。

3. <ruby>場所<rt>ばしょ</rt></ruby>と<ruby>時間<rt>じかん</rt></ruby>を<ruby>教<rt>おし</rt></ruby>えてください。　請告訴我地點和時間。

4. <ruby>足<rt>あし</rt></ruby>が<ruby>痛<rt>いた</rt></ruby>いですから、エスカレーターを<ruby>使<rt>つか</rt></ruby>いましょうか。

　　因為腳痛，搭電扶梯吧？

1-1-7 建物（建築物）
たてもの

🔊 MP3-11

1 えいがかん ❸【映画館】 電影院 ☐☐
映画館は 駅の 隣です。
電影院在車站的旁邊。

2 えき ❶【駅】 車站 ☐☐
駅の 前に 花屋が あります。
車站的前面有花店。

3 かいぎしつ ❸【会議室】 會議室 ☐☐
会議室へ お茶を 持って きて ください。
請帶著茶水來會議室。

4 かいしゃ ❺【会社】 公司 ☐☐
いつも バスで 会社へ 行って います。
總是搭乘巴士前往公司。

5 かいじょう ❺【会場】 會場 ☐☐
ここは コンサート会場です。
這裡是演唱會的會場。

6 がっこう ❺【学校】 學校 ☐☐
毎日 学校へ 行きます。
每天去學校。

7 きっさてん **0** 【喫茶店】 咖啡廳 ☐☐

喫茶店で アルバイトを して います。

在咖啡廳打工中。

8 ぎんこう **0** 【銀行】 銀行 ☐☐

銀行は 本屋と 日本レストランの 間に あります。

銀行位在書店和日本餐廳之間。

9 きょうしつ **0** 【教室】 教室 ☐☐

教室に 机が **15** あります。

教室裡有十五張桌子。

10 くうこう **0** 【空港】 機場 ☐☐

空港へ 友達を 迎えに 行きます。

前往機場迎接朋友。

11 こうえん **0** 【公園】 公園 ☐☐

毎日 公園を 散歩して います。

每天在公園散步。

12 こうばん **0** 【交番】 派出所 ☐☐

交番に 誰も いません。

派出所沒有半個人。

13 じむしょ **2** 【事務所】 事務所 ☐☐

事務所に 誰も いません。

事務所裡誰也不在。

14 しやくしょ **②**【市役所】 市公所 ☐ ☐

すみません、市役所は どこですか。

不好意思，市公所在哪邊呢？

15 しょくどう **⓪**【食堂】 食堂 ☐ ☐

大学の 食堂は 安いです。

大學的食堂很便宜。

🔊 MP3-12

16 たいしかん **③**【大使館】 大使館 ☐ ☐

大使館へ パスポートを もらいに 行きます。

前往大使館領取護照。

17 だいがく **⓪**【大学】 大學 ☐ ☐

わたしは 大学で 日本語を 勉強して います。

我正在大學學習日語。

18 どうぶつえん **④**【動物園】 動物園 ☐ ☐

週末 家族で 動物園へ 行きました。

週末全家人一起去了動物園。

19 としょかん **②**【図書館】 圖書館 ☐ ☐

一緒に 図書館で 勉強しませんか。

要不要一起在圖書館讀書呢？

20 はなや **②**【花屋】 花店 ☐ ☐

花屋で 花を 買います。

在花店買花。

21 びじゅつかん ❷ 【美術館】 美術館 ☐ ☐

<ruby>美術館<rt>びじゅつかん</rt></ruby>は　あまり　<ruby>行<rt>い</rt></ruby>きません。

不太常去美術館。

---

22 びょういん ⓪ 【病院】 醫院 ☐ ☐

<ruby>父<rt>ちち</rt></ruby>は　<ruby>台湾病院<rt>たいわんびょういん</rt></ruby>の　<ruby>医者<rt>いしゃ</rt></ruby>です。

爸爸是臺灣醫院的醫生。

---

23 やおや ⓪ 【八百屋】 蔬菜店 ☐ ☐

あの　<ruby>八百屋<rt>やおや</rt></ruby>の　おじさんは　<ruby>親切<rt>しんせつ</rt></ruby>です。

那個蔬菜店的大叔很親切。

---

24 ゆうびんきょく ❸ 【郵便局】 郵局 ☐ ☐

これから　<ruby>郵便局<rt>ゆうびんきょく</rt></ruby>へ　<ruby>行<rt>い</rt></ruby>きます。

接下來要去郵局。

---

25 コンビニ ⓪ 便利商店 ☐ ☐

<u>コンビニ</u>で　<ruby>朝<rt>あさ</rt></ruby>ご<ruby>飯<rt>はん</rt></ruby>を　<ruby>買<rt>か</rt></ruby>います。

在便利商店買早餐。

---

26 スーパー ❶ 超級市場 ☐ ☐

<u>スーパー</u>で　<ruby>働<rt>はたら</rt></ruby>いて　います。

在超級市場工作。

---

27 デパート ❷ 百貨公司 ☐ ☐

<u>デパート</u>へ　<ruby>買<rt>か</rt></ruby>い<ruby>物<rt>もの</rt></ruby>に　<ruby>行<rt>い</rt></ruby>きます。

前往百貨公司買東西。

28 ビル ❶　大樓

<u>ＡＢＣビル</u>は　どちらですか。

ABC大樓在哪邊呢？

28 ホテル ❶　旅館、飯店

東京で　<u>ホテル</u>に　泊まりました。

投宿東京的飯店了。

30 レストラン ❶　餐廳

友達と　<u>レストラン</u>で　ご飯を　食べます。

跟朋友在餐廳吃飯。

31 ロビー ❶　大廳

<u>ロビー</u>で　待って　います。

在大廳等待著。

練習問題 1

1. <u>市役所</u>は　どちらですか。

　①しやくしゅ　　②しやくしゃ　　③しやくしょ　　④しやくしゅう

2. あには　<u>会社</u>で　はたらいて　います。

　①かいしゅ　　　②かいしゃ　　　③かいじゅ　　　④がいしゅ

3. あの　<u>喫茶店</u>の　こうちゃは　おいしいです。

　①きっちゃてん　②きちゃてん　　③きっさてん　　④きっさでん

4. <u>こんびに</u>で　のみものを　かいます。

　①コソベニ　　　②コンベニ　　　③コソビニ　　　④コンビニ

5. 図書館で　ほんを　かります。

　　①としょかん　　②とうしょかん　③としょうかん　④としゅかん

解答：1.③　2.②　3.③　4.④　5.①

問題解析 1

1. 市役所はどちらですか。　市公所在哪邊呢？

2. 兄は会社で働いています。　哥哥在公司工作。

3. あの喫茶店の紅茶はおいしいです。　那家咖啡廳的紅茶很好喝。

4. コンビニで飲み物を買います。　在便利商店買飲料。

5. 図書館で本を借ります。　在圖書館借書。

練習問題 2

1. （　　　）で　きってを　かいました。

　　①スーパー　②ゆうびんきょく　③デパート　④しやくしょ

2. （　　　）へ　えを　みに　いきます。

　　①はくぶつかん　②どうぶつえん　③かいぎしつ　④びじゅつかん

3. （　　　）に　とまります。

　　①ホテル　②ひこうき　③ちゅうしゃじょう　④ロビー

4. かぜですから、（　　　）へ　いった　ほうが　いいですよ。

　　①しやくしょ　②たいしかん　③びょういん　④こうばん

44

5. しゅうまつ（　　　）へ　いきませんか。

　①どうぶつえん　②こうばん　③かいぎしつ　④きょうしつ

6. さいふを　なくしましたから、（　　　）へ　いきます。

　①しやくしょ　②たいしかん　③やおや　④こうばん

7. （　　　）で　ふくを　かいました。

　①コーヒー　②デパート　③フォーク　④ロビー

8. （　　　）へ　かいものに　いきます。

　①スーパー　②スキー　③スカート　④スプーン

解答：1.②　2.④　3.①　4.③　5.①　6.④　7.②　8.①

問題解析 2

1. 郵便局で切手を買いました。　在郵局買了郵票。

2. 美術館へ絵を見に行きます。　去美術館看畫。

3. ホテルに泊まります。　投宿飯店。

4. 風邪ですから、病院へ行ったほうがいいですよ。

　因為是感冒，去醫院比較好喔。

5. 週末動物園へ行きませんか。　週末要不要去動物園呢？

6. 財布を失くしましたから、交番へ行きます。　因為錢包不見了，所以去派出所。

7. デパートで服を買いました。　在百貨公司買了衣服。

8. スーパーへ買い物に行きます。　去超級市場購物。

1-1-8 家（家） 🔊 MP3-13

1 いえ ❷【家】 家 ☐☐

わたしの　家に　遊びに　来ませんか。

要不要來我的家玩呢？

....

2 おてあらい ❸【お手洗い】 洗手間 ☐☐

お手洗いは　どちらですか。

洗手間在哪裡呢？

....

3 おふろ ❷【お風呂】 浴室 ☐☐

もう　お風呂に　入りましたか。

已經洗好澡了嗎？

....

4 かいだん ❶【階段】 樓梯、階梯 ☐☐

階段を　上ります。

上樓。

....

5 げんかん ❶【玄関】 玄關 ☐☐

玄関で　靴を　脱いで　ください。

請在玄關拖鞋。

....

6 だいどころ ❶【台所】 廚房 ☐☐

うちの　台所は　広いです。

我家的廚房很寬闊。

7 にわ **⓪** 【庭】 庭院 ☐ ☐

庭に 桜の 木が あります。

庭院裡有櫻花樹。

8 へや **❷** 【部屋】 房間 ☐ ☐

弟の 部屋は 汚いです。

弟弟的房間很髒。

9 まど **❶** 【窓】 窗戶 ☐ ☐

窓を 開けて ください。

請打開窗戶。

10 もん **❶** 【門】 門 ☐ ☐

門を 閉めます。

把門關上。

11 トイレ **❶** 廁所 ☐ ☐

トイレへ 行っても いいですか。

可以去廁所嗎？

12 シャワー（する）**❶** 淋浴 ☐ ☐

これから シャワーを 浴びます。

接下來要去淋浴。

1. <u>まどの</u> そばに とりが います。

　①窓　　　　　　②家　　　　　　③角　　　　　　④外

2. わたしの <u>部屋</u>は おおきいです。

　①いえ　　　　　②へや　　　　　③うち　　　　　④ぶや

3. <u>玄関</u>に だれか いますよ。

　①こうえん　　　②じかん　　　　③こうばん　　　④げんかん

4. エレベーターが ありませんから、<u>階段</u>で いきましょう。

　①かいだん　　　②がいだん　　　③かいたん　　　④がいたん

解答：1.①　2.②　3.④　4.①

1. <u>窓</u>の側に鳥がいます。　窗戶的旁邊有鳥。

2. わたしの<u>部屋</u>は大きいです。　我的房間是大的。

3. <u>玄関</u>に誰かいますよ。　有人在玄關唷。

4. エレベーターがありませんから、<u>階段</u>で行きましょう。

　因為沒有電梯，爬樓梯吧。

1-1-9 方向（方向）^{ほうこう} 🔊 MP3-14

1 あいだ❸【間】 中間 ☐☐

映画館は　デパートと　駐車場の　間に　あります。

電影院在百貨公司和停車場之間。

2 うえ⓪【上】 上面 ☐☐

木の　上に　鳥が　います。

樹上有小鳥。

3 うしろ⓪【後ろ】 後面 ☐☐

わたしの　後ろに　誰か　いますか。

我的後面有人嗎？

4 かど❶【角】 轉角 ☐☐

2つ目の　角を　右へ　曲がって　ください。

請在第二個轉角右轉。

5 かわ⓪（がわ）【側】 側 ☐☐

右側を　歩いて　ください。

請走右側。

6 このへん⓪【この辺】 這一帶 ☐☐

この辺は　とても　静かですね。

這一帶非常安靜呢。

7 した **⓪** 【下】 下面 ☐☐

テーブルの 下に 猫が います。

在桌子下面有貓。

----

8 そと **❶** 【外】 外面 ☐☐

窓から 外を 見て います。

從窗戶看著外面。

----

9 ちかく **❷** 【近く】 附近 ☐☐

この 近くに スーパーが ありますか。

這附近有超級市場嗎？

----

10 となり **⓪** 【隣】 鄰近、隔壁 ☐☐

わたしの 家の 隣に 大きな ビルが できました。

我家附近蓋了很大的大樓。

----

11 なか **❶** 【中】 裡面 ☐☐

財布の 中に いくら ありますか。

錢包裡面有多少錢呢？

----

12 ひだり **⓪** 【左】 左邊 ☐☐

陳さんの 左の 人は 誰ですか。

陳先生左邊的人是誰呢？

----

13 まえ **❶** 【前】 前方 ☐☐

陳さんは スーパーの 入口の 前に 立って います。

陳先生正站在超市入口前。

14 みぎ **⓪** 【右】 右邊 ☐☐

郵便局の　右は　コンビニです。
<ruby>郵便局<rt>ゆうびんきょく</rt></ruby>の　<ruby>右<rt>みぎ</rt></ruby>は　コンビニです。

郵局的右邊是便利商店。

---

15 むこう **⓪** 【向こう】 對面 ☐☐

<ruby>郵便局<rt>ゆうびんきょく</rt></ruby>は　<ruby>病院<rt>びょういん</rt></ruby>の　<ruby>向<rt>む</rt></ruby>こうです。

郵局在醫院的對面。

---

16 よこ **⓪** 【横】 旁邊 ☐☐

テレビの　<ruby>横<rt>よこ</rt></ruby>に　<ruby>猫<rt>ねこ</rt></ruby>が　います。

電視的旁邊有貓。

練習問題

1. いえの　外に　ねこが　います。
　①そと　　　　　②まえ　　　　　③なか　　　　　④みぎ

2. デパートの　隣に　えいがかんが　あります。
　①ちかく　　　　②となり　　　　③むこう　　　　④あいだ

3. その　角を　まがって　ください。
　①いど　　　　　②まど　　　　　③かど　　　　　④やど

4. 陳さんの　右に　せんせいが　います。
　①ひだり　　　　②まえ　　　　　③みぎ　　　　　④ひだり

5. ほんやと　はなやの　間に　ゆうびんきょくが　あります。
　①むこう　　　　②かん　　　　　③あいだ　　　　④なか

解答：1.①　2.②　3.③　4.③　5.③

1. 家の外に猫がいます。　家的外面有貓。

2. デパートの隣に映画館があります。　百貨公司隔壁有電影院。

3. その角を曲がってください。　請在那個轉角轉彎。

4. 陳さんの右に先生がいます。　在陳先生的右邊有老師。

5. 本屋と花屋の間に郵便局があります。　書店和花店的中間有郵局。

1-1-10 飲食（飲食）
いんしょく

A：食べ物（食物）
た もの

🔊 MP3-15

1 あさごはん ❸【朝ご飯】 早餐（飯）　☐☐

朝ご飯を　食べましたか。
あさ　はん　　　た

吃過早飯了嗎？

---

2 おかし ❷【菓子】 點心　☐☐

毎日　お菓子を　食べて　います。
まいにち　　かし　　　た

每天吃點心。

---

3 ぎゅうにく ❶【牛肉】 牛肉　☐☐

牛肉は　とても　高いです。
ぎゅうにく　　　　たか

牛肉非常貴。

---

4 くだもの ❷【果物】 水果　☐☐

最近　果物は　高いです。
さいきん　くだもの　たか

最近水果很貴。

---

5 ごはん ❶【ご飯】 飯　☐☐

ご飯が　できましたよ。
はん

飯做好了喔。（可以吃飯了。）

---

6 さかな ❶【魚】 魚　☐☐

日本人は　魚を　よく　食べます。
にほん　じん　　さかな　　　た

日本人經常吃魚。

7 さしみ ❸【刺身】 生魚片 □□

今日は 刺身を 食べましょう。

今天吃生魚片吧。

---

8 しょくじ ❶【食事】 用餐 □□

今晩 一緒に 食事に 行きませんか。

今晚一起用餐嗎？

---

9 すし ❷【寿司】 壽司 □□

寿司は 高いですが、おいしいです。

壽司很貴，但是很好吃。

---

10 たまご ❷【卵】 蛋 □□

朝ご飯は 卵と パンを 食べました。

早餐吃了蛋跟麵包。

🔊 MP3-16

11 たべもの ❸【食べ物】 食物 □□

どんな 食べ物が 好きですか。

喜歡什麼樣的食物呢？

---

12 にく ❷【肉】 肉 □□

肉の 中で 牛肉が 一番 好きです。

在肉類裡面，最喜歡牛肉。

---

13 ばんごはん ❸【晩ご飯】 晚餐（飯） □□

今 晩ご飯を 作って います。

現在正在做晚飯。

14 ひるごはん ❸【昼ご飯】 午餐（飯）

一緒に 昼ご飯を 食べませんか。

要一起吃午餐嗎？

15 ぶたにく ⓪【豚肉】 豬肉

わたしは 豚肉が 嫌いです。

我討厭豬肉。

16 べんとう ❸【弁当】 便當

毎日 お弁当を 作って います。

每天做便當。

17 みかん ❶【蜜柑】 柑橘

この みかんは とても 甘いです。

這個柑橘非常甜。

18 やさい ⓪【野菜】 蔬菜

野菜は 体に いいです。

蔬菜對身體很好。

19 りんご ⓪【林檎】 蘋果

1日に 1つ りんごを 食べましょう。

一天吃一個蘋果吧。

20 アイスクリーム ❺ 冰淇淋

アイスクリームは いかがですか。

冰淇淋如何呢？

21 カレー **0** 咖哩

インドの　カレーが　好_すきです。

喜歡印度的咖哩。

22 ケーキ **1** 蛋糕

これは　有名_{ゆうめい}な　ケーキです。

這是有名的蛋糕。

23 サンドイッチ **4** 三明治

サンドイッチを　2_{ふた}つ　ください。

請給我二個三明治。

24 パン **1** 麵包

おいしい　パンが　食_たべたいです。

想吃好吃的麵包。

25 ラーメン **1** 拉麵

九州_{きゅうしゅう}は　ラーメンが　有名_{ゆうめい}です。

九州的拉麵很有名。

練習問題

1. 牛肉が　きらいです。

　①ぎゅにく　　　②ぎゅうにく　　③ぎょうにく　　④ぎょにく

2. まいにち　卵を　たべて　います。

　①たまご　　　②たまこ　　　③だまご　　　④だまこ

3. 野菜は　からだに　いいです。

　　①やさい　　　　　②のさい　　　　　③やっさい　　　　④やさいん

4. あいすくりーむは　つめたくて、おいしいです。

　　①アイヌクリーマ　　　　　　　②アイヌクリーム

　　③イスタリーマ　　　　　　　　④アイスクリーム

5. あさ　さんどいっちを　かいました。

　　①センドイッツ　　　　　　　　②サンドイッチ

　　③セソドイッツ　　　　　　　　④サソドイッチ

解答：1.②　2.①　3.①　4.④　5.②

| 問題解析 |

1. 牛肉が嫌いです。　討厭牛肉。

2. 毎日卵を食べています。　每天都吃蛋。

3. 野菜は体にいいです。　蔬菜對身體好。

4. アイスクリームは冷たくて、おいしいです。　冰淇淋冰冰的很好吃。

5. 朝サンドイッチを買いました。　早上買了三明治。

B：飲み物（飲料）　🔊 MP3-17

1　（お）さけ ⓪【（お）酒】酒　☐☐

陳さんは　お酒を　飲みますか。

陳先生喝酒嗎？

2　（お）ちゃ ⓪【（お）茶】茶　☐☐

お茶は　いかがですか。

來杯茶，如何呢？

3　ぎゅうにゅう ⓪【牛乳】牛奶　☐☐

朝ご飯は　牛乳と　パンです。

早飯是牛奶跟麵包。

4　こうちゃ ⓪【紅茶】紅茶　☐☐

紅茶を　1つ　ください。

請給我一杯紅茶。

5　みず ⓪【水】水　☐☐

水が　ほしいです。

想喝水。

6　コーヒー ❸　咖啡　☐☐

コーヒーと　紅茶と　どちらが　好きですか。

咖啡跟紅茶，喜歡哪一個呢？

7　ジュース ❶　果汁　☐☐

ジュースは　あまり　飲みません。

不太常喝果汁。

8 ビール ❶ 啤酒 ☐☐

ビールが 好^すきでは ありません。

不喜歡啤酒。

---

9 ミルク ❶ 牛奶 ☐☐

コーヒーに ミルクを 入^いれます。

在咖啡裡加牛奶。

---

10 ワイン ❶ 酒 ☐☐

フランスの ワインは いくらですか。

法國的酒多少錢呢？

練習問題

1. 紅茶を のみませんか。

　①こおちゃ　　②こおちょ　　③こうちゃ　　④こうちょ

2. まいにち 牛乳を のんで います。

　①ぎゅうにゅう　②ぎょうにゅう　③ぎゅうにょう　④ぎゅにゅう

3. こーひーが すきです。

　①コークー　　②コーヒー　　③コーシー　　④クーヒー

4. この じゅーすは つめたく ないです。

　①ジューヌ　　②ヴョーヌ　　③ヅュース　　④ジュース

5. れいぞうこに びーるが にほん あります。

　①ビールー　　②ビルー　　③ビール　　④ビル

解答：1. ③　2. ①　3. ②　4. ④　5. ③

1. 紅茶を飲みませんか。　要喝紅茶嗎？

2. 毎日牛乳を飲んでいます。　每天都喝牛奶。

3. コーヒーが好きです。　喜歡咖啡。

4. このジュースは冷たくないです。　這個果汁不冰。

5. 冷蔵庫にビールが2本あります。　冰箱裡有二瓶啤酒。

C：食器類（餐具）

しょっきるい

🔊 MP3-18

1 （お）さら **0** 【（お）皿】 盤子

テーブルの　上に　お皿が　何枚　ありますか。
　　　　　　うえ　　さら　　　なんまい

桌上有幾個盤子呢？

2 はし **1** 【箸】 筷子

箸を　上手に　使う　ことが　できません。
はし　じょうず　つか

沒辦法厲害地使用筷子。

3 コップ **0** 杯子

コップを　2つ　ください。
　　　　ふた

請給我二個杯子。

4 スプーン **2** 湯匙

スプーンで　スープを　飲みます。
　　　　　　　　　　　の

用湯匙喝湯。

5 フォーク **1** 叉子

フォークを　貸して　ください。
　　　　　　か

請借我叉子。

6 ナイフ **1** 刀子（小刀）

ナイフで　ステーキを　切ります。
　　　　　　　　　　　き

用刀子切牛排。

1. （　　　）を　1まい　ください。

　　①血　　　　　　②目　　　　　　③皿　　　　　　④白

2. （　　　）と　ナイフで　ステーキを　たべます。

　　①フォーク　　　②ナイフ　　　　③コップ　　　　④スプーン

3. （　　　）で　アイスクリームを　たべます。

　　①フォーク　　　②ナイフ　　　　③コップ　　　　④スプーン

4. ジュースを　のみたいですから、（　　　）をかして　ください。

　　①フォーク　　　②ナイフ　　　　③コップ　　　　④スプーン

解答：1. ③　2. ①　3. ④　4. ③

問題解析

1. 皿を1枚ください。　請給我一個盤子。

2. フォークとナイフでステーキを食べます。　用叉子和刀子吃牛排。

3. スプーンでアイスクリームを食べます。　用湯匙吃冰淇淋。

4. ジュースを飲みたいですから、コップを貸してください。

　　我想要喝果汁，所以請借我杯子。

1-1-11 国（國家） くに 🔊 MP3-19

1	かんこく ❶ 【韓国】 韓國	☐ ☐
2	たいわん ❸ 【台湾】 臺灣	☐ ☐
3	ちゅうごく ❶ 【中国】 中國	☐ ☐
4	にほん ❷ 【日本】 日本	☐ ☐
5	アメリカ ❶ 美國	☐ ☐
6	イギリス ❶ 英國	☐ ☐
7	イタリア ❶ 義大利	☐ ☐
8	オーストラリア ❺ 澳大利亞	☐ ☐
9	シンガポール ❹ 新加坡	☐ ☐
10	ドイツ ❶ 德國	☐ ☐
11	フランス ❶ 法國	☐ ☐
12	ブラジル ❶ 巴西	☐ ☐
13	マレーシア ❷ 馬來西亞	☐ ☐

1. よく　韓国の　テレビを　みます。

　　①かんごく　　　　②がんこく　　　　③かんこく　　　　④がんくに

2. いぎりすから　ともだちが　あそびに　きました。

　　①イキリス　　　　②イギリス　　　　③イギリヌ　　　　④イキリズ

3. 中国へ　いった　ことが　ありません。

　　①ちゅごく　　　　②ちょごく　　　　③ちゅうごく　　　　④ちょうごく

4. ふらんすの　ワインは　おいしいです。

　　①ワランス　　　　②ワラソス　　　　③フラソス　　　　④フランス

5. いたりあへ　いきたいです。

　　①イタリア　　　　②イタリナ　　　　③イヌリオ　　　　④イタリマ

解答：1. ③　2. ②　3. ③　4. ④　5. ①

問題解析

1. よく韓国（かんこく）のテレビを見（み）ます。　經常看韓國的電視節目。

2. イギリスから友達（ともだち）が遊（あそ）びに来（き）ました。　朋友從英國過來遊玩了。

3. 中国（ちゅうごく）へ行（い）ったことがありません。　沒有去過中國。

4. フランスのワインはおいしいです。　法國的紅酒很好喝。

5. イタリアへ行（い）きたいです。　想要去義大利。

1-1-12 時（時^{とき}）

A：時間^{じかん}（時間）

▶▶ ～分^{ふん}/分^{ぶん}（～分） 🔊 MP3-20

分　ふん	分　ぷん
2分　にふん	**1分　いっぷん**
5分　ごふん	3分　さんぷん
7分　ななふん・しちふん	**4分　よんぷん**
9分　きゅうふん	6分　ろっぷん
	8分　はっぷん
	10分　じゅっぷん・じっぷん
	何分　なんぷん

３０分^{さんじゅっぷん}＝はん ❶　半

▶▶ ～時 （～點） 🔊 MP3-21

1時	いちじ	7時	しちじ
2時	にじ	8時	はちじ
3時	さんじ	9時	**くじ**
4時	**よじ**	10時	じゅうじ
5時	ごじ	11時	じゅういちじ
6時	ろくじ	12時	じゅうにじ

ごぜん❶【午前】 上午

ごご❶【午後】 下午

▶▶ 1日～10日 （一號～十號） 🔊 MP3-22

1 ついたち❹【1日】 一號　　　　　　　☐☐

2 ふつか❶【2日】 二號　　　　　　　☐☐

3 みっか❶【3日】 三號　　　　　　　☐☐

4 よっか❶【4日】 四號　　　　　　　☐☐

5 いつか❶【5日】 五號　　　　　　　☐☐

6 むいか❶【6日】 六號　　　　　　　☐☐

7 なのか❶【7日】 七號　　　　　　　☐☐

8 ようか ❶【8日】 八號 ☐☐

9 ここのか ❶【9日】 九號 ☐☐

10 とおか ❶【10日】 十號 ☐☐

▶▶ ～日（～號）🔊 MP3-23

1 じゅういちにち ❻【11日】 十一號 ☐☐

2 じゅうににち ❺【12日】 十二號 ☐☐

3 じゅうさんにち ❶【13日】 十三號 ☐☐

★ 4 じゅうよっか ❶【14日】 十四號 ☐☐

5 じゅうごにち ❶【15日】 十五號 ☐☐

6 じゅうろくにち ❺【16日】 十六號 ☐☐

7 じゅうしちにち ❻【17日】 十七號 ☐☐

8 じゅうはちにち ❺【18日】 十八號 ☐☐

★ 9 じゅうくにち ❶【19日】 十九號 ☐☐

★ 10 はつか ❶【20日】 二十號 ☐☐

11 にじゅういちにち ❶【21日】 二十一號 ☐☐

12 にじゅうににち ❶【22日】 二十二號 ☐☐

13 にじゅうさんにち ❶【23日】 二十三號 ☐☐

★ 14 にじゅうよっか❶【24日】 二十四號 ☐☐

15 にじゅうごにち❶【25日】 二十五號 ☐☐

16 にじゅうろくにち❶【26日】 二十六號 ☐☐

17 にじゅうしちにち❶【27日】 二十七號 ☐☐

18 にじゅうはちにち❶【28日】 二十八號 ☐☐

★ 19 にじゅうくにち❶【29日】 二十九號 ☐☐

20 さんじゅうにち❸【30日】 三十號 ☐☐

21 さんじゅういちにち❶【31日】 三十一號 ☐☐

▶▶ ～曜<ruby>曜日<rt>ようび</rt></ruby>（星期～） 🔊 MP3-24

1 げつようび❸【月曜日】 星期一 ☐☐

2 かようび❷【火曜日】 星期二 ☐☐

3 すいようび❸【水曜日】 星期三 ☐☐

4 もくようび❸【木曜日】 星期四 ☐☐

5 きんようび❸【金曜日】 星期五 ☐☐

6 どようび❷【土曜日】 星期六 ☐☐

7 にちようび❸【日曜日】 星期日 ☐☐

1. がっこうは　4時に　おわります。

　　①よんじ　　　　　②よじ　　　　　　③しじ　　　　　　④よっじ

2. きょうは　水曜日です。

　　①すいようび　　②げつようび　　③もくようび　　④にちようび

3. きのうは　いちがつ　1日でした。

　　①ついたち　　　　②いちにち　　　③ついか　　　　　④いちか

4. いま　いちじ　6分です。

　　①ろくぷん　　　　②ろくぶん　　　③ろっぷん　　　　④ろっぶん

5. しけんは　9時からです。

　　①くじ　　　　　　②きゅうじ　　　③ここのじ　　　　④じゅうじ

6. りょこうは　きょうから　金曜日までです。

　　①げつようび　　②どようび　　　③きんようび　　④にちようび

7. あしたは　20日です。

　　①にじゅうにち　②じゅうににち　③はつか　　　　　④はちか

8. えきまで　8分　かかります。

　　①はちぷん　　　　②はちぶん　　　③はっぷん　　　　④はっぶん

9. あしたは　土曜日です。

　　①すいようび　　②どようび　　　③もくようび　　④にちようび

10. きょうは　8日です。

　　　①ようか　　　②よっか　　　③はつか　　　④はちか

....

解答：1.②　2.①　3.①　4.③　5.①　6.③　7.③　8.③　9.②　10.①

問題解析

1. 学校は4時に終わります。　學校四點放學。

2. 今日は水曜日です。　今天是星期三。

3. 昨日は1月1日でした。　昨天是一月一日。

4. 今1時6分です。　現在是一點六分。

5. 試験は9時からです。　考試從九點開始。

6. 旅行から今日から金曜日までです。　旅行是今天開始到星期五。

7. 明日は20日です。　明天是二十日。

8. 駅まで8分かかります。　到車站要花八分鐘。

9. 明日は土曜日です。　明天是星期六。

10. 今日は8日です。　今天是八日。

70

B：時候（時候）　🔊 MP3-25

1 きょう ❶【今日】 今天		☐☐
2 あした ❸【明日】 明天		☐☐
3 あさって ❷【明後日】 後天		☐☐
4 きのう ❷【昨日】 昨天		☐☐
5 おととい ❸【一昨日】 前天		☐☐
6 ことし ❶【今年】 今年		☐☐
7 らいねん ❶【来年】 明年		☐☐
8 さらいねん ❶【再来年】 後年		☐☐
9 きょねん ❶【去年】 去年		☐☐
10 おととし ❷【一昨年】 前年		☐☐
11 こんげつ ❶【今月】 這個月		☐☐
12 らいげつ ❶【来月】 下個月		☐☐
13 さらいげつ ❷【再来月】 下下個月		☐☐
14 せんげつ ❶【先月】 上個月		☐☐

15 こんしゅう **0** 【今週】 這星期　　　　□□

16 せんしゅう **0** 【先週】 上星期　　　　□□

17 らいしゅう **0** 【来週】 下星期　　　　□□

18 さらいしゅう **0** 【再来週】 下下星期　　□□

過去（過去）		現在（現在）	未来（未來）	
おととい 一昨日 （前天）	きのう 昨日 （昨天）	きょう 今日 （今天）	あした 明日 （明天）	あさって 明後日 （後天）
せんせんしゅう 先々週 （上上星期）	せんしゅう 先週 （上星期）	こんしゅう 今週 （這星期）	らいしゅう 来週 （下星期）	さらいしゅう 再来週 （下下星期）
せんせんげつ 先々月 （上上個月）	せんげつ 先月 （上個月）	こんげつ 今月 （這個月）	らいげつ 来月 （下個月）	さらいげつ 再来月 （下下個月）
おととし 一昨年 （前年）	きょねん 去年 （去年）	ことし 今年 （今年）	らいねん 来年 （明年）	さらいねん 再来年 （後年）

19 あさ **❶** 【朝】 早上 　□ □

20 ばん **⓪** 【晩】 晚上 　□ □

21 ひる **❷** 【昼】 中午 　□ □

22 ゆうがた **⓪** 【夕方】 傍晚 　□ □

23 よる **❶** 【夜】 晚上 　□ □

あさ 朝（早上）	ひる 昼（中午）	ゆうがた 夕方（傍晚）	ばん・よる 晩・夜（晚上）

24 けさ **❶** 【今朝】 今天早上 　□ □

25 こんばん **❶** 【今晩】 今天晚上 　□ □

26 まいあさ **❶** 【毎朝】 每天早上 　□ □

27 まいばん **❶** 【毎晩】 每天晚上 　□ □

けさ 今朝（今天早上）	こんばん 今晩（今天晚上）
まいあさ 毎朝（每天早上）	まいばん 毎晩（每天晚上）

28 まいにち ❶【毎日】 每天 ☐☐

29 まいしゅう ⓪【毎週】 每星期 ☐☐

30 まいげつ ❶・まいつき ⓪【毎月】 每月 ☐☐

31 まいとし・まいねん ⓪【毎年】 每年 ☐☐

まいにち 毎日（毎天）	まいしゅう 毎週（毎星期）	まいげつ 毎月（毎月）	まいとし まいねん 毎年・毎年（毎年）

32 いま ❶【今】 現在 ☐☐

いま　なんじ
今　何時ですか。　現在幾點呢？

33 こんど ❶【今度】 下次 ☐☐

こん ど　いっしょ　えい が　み
今度　一緒に　映画を　見ませんか。

下次要不要一起看電影呢？

34 ひ ❶【日】 日子 ☐☐

きょう　　てん き　　　ひ
今日は　天気が　いい　日です。

今天是天氣好的日子。

35 なつやすみ ⓪【夏休み】 暑假 ☐☐

なつやす　　　　　　　い
夏休みは　どこか　行きますか。

暑假有要去哪裡嗎？

36 やすみ ❸【休み】 休息、假期 ☐☐

やす　　　　　　　　　はじ
休みは　いつから　始まりますか。

假期是何時開始呢？

練習問題

1. 毎年 にほんへ あそびに いきます。
①めいねん ②めいとし ③まいとし ④まいどし

2. 今度 いっしょに ごはんを たべませんか。
①こんど ②ごんど ③こんどう ④こどう

3. きょうは 午後から ひまです。
①ここ ②ごうご ③ごご ④ごこ

4. 今朝は ごはんを たべる じかんが ありませんでした。
①きょうあさ ②けさ ③けざ ④こんあさ

5. 毎晩 ねる まえに にっきを かいて います。
①めいわん ②まいわん ③まいばん ④まんぱん

6. 今日 じゅぎょうが ありますか。
①きのう ②きょう ③こんひ ④いまにち

7. 夕方から あめが ふりました。
①ごぜん ②こんばん ③ほうほう ④ゆうがた

8. 去年 けっこんしました。
①きょねん ②きょとし ③きょうねん ④ぎょうねん

9. 今年 30さいに なります。
①こんねん ②こどし ③ことし ④こどじ

10. 昨日　ともだちと　べんきょうしました。

　　①きょう　　　②きの　　　　③きのお　　　④きのう

解答：1. ③　2. ①　3. ③　4. ②　5. ③　6. ②　7. ④　8. ①　9. ③　10. ④

問題解析

1. 毎年日本へ遊びに行きます。　毎年去日本玩。

2. 今度一緒にご飯を食べませんか。　下次要一起去吃飯嗎？

3. 今日は午後からひまです。　今天下午開始有空。

4. 今朝はご飯を食べる時間がありませんでした。　今天早上沒有吃飯的時間。

5. 毎晩寝る前に日記を書いています。　每天晚上睡覺前都寫日記。

6. 今日授業がありますか。　今天有課嗎？

7. 夕方から雨が降りました。　傍晚開始下雨了。

8. 去年結婚しました。　去年結婚了。

9. 今年３０歳になります。　今年將滿三十歲。

10. 昨日友達と勉強しました。　昨天和朋友讀書了。

76

C：期間（期間）

MP3-26

～分／分（～分）	～時間（～個小時）
いっぷん 1分	いちじかん 1時間
にふん 2分	にじかん 2時間
さんぷん 3分	さんじかん 3時間
よんぷん 4分	よじかん 4時間
ごふん 5分	ごじかん 5時間
ろっぷん 6分	ろくじかん 6時間
ななふん 7分	しちじかん・ななじかん 7時間
はっぷん 8分	はちじかん 8時間
きゅうふん 9分	くじかん 9時間
じゅっぷん・じっぷん 10分	じゅうじかん 10時間

～日 （～天）	～週間 （～個星期）	～か月 （～個月）	～年 （～年）
いちにち 1日	いっしゅうかん 1週間	いっかげつ 1か月	いちねん 1年
ふつか 2日	にしゅうかん 2週間	にかげつ 2か月	にねん 2年
みっか 3日	さんしゅうかん 3週間	さんかげつ 3か月	さんねん 3年
よっか 4日	よんしゅうかん 4週間	よんかげつ 4か月	よねん 4年
いつか 5日	ごしゅうかん 5週間	ごかげつ 5か月	ごねん 5年
むいか 6日	ろくしゅうかん 6週間	ろっかげつ・ はんとし 6か月・半年	ろくねん 6年
なのか 7日	ななしゅうかん 7週間	しちかげつ・ ななかげつ 7か月	しちねん・ ななねん 7年
ようか 8日	はっしゅうかん 8週間	はちかげつ・ はっかげつ 8か月	はちねん 8年
ここのか 9日	きゅうしゅうかん 9週間	きゅうかげつ 9か月	きゅうねん 9年
とおか 10日	じゅっしゅうかん・ じっしゅうかん 10週間	じゅっかげつ・ じっかげつ 10か月	じゅうねん 10年

練習問題

1. ここから　えきまで　<u>8分</u>　かかります。
　　①はちふん　　　②はっぷん　　　③はっぶん　　　④はちぷん

2. きのうは　<u>4時間</u>　べんきょうしました。
　　①よんじかん　　②しじかん　　　③よじかん　　　④よっじかん

3. しけんまで　<u>10日</u>です。
　　①とおか　　　　②とうか　　　　③どおか　　　　④どうか

4. くにで　にほんごを　<u>9か月</u>　べんきょうしました。
　　①くかげつ　　　②ここのかげつ　③じゅっかげつ　④きゅうかげつ

5. だいがくは　<u>4年</u>です。
　　①よんねん　　　②よねん　　　　③しねん　　　　④よっねん

6. だいがくまで　あるいて　<u>9分</u>です。
　　①きゅふん　　　②きゅうふん　　③ぎゅうふん　　④きゅうぷん

7. きのうは　<u>10時間</u>　ねました。
　　①じゅうじかん　②じゅじかん　　③じゅっじかん　④とうじかん

8. <u>8日</u>まえに　あたらしい　くるまを　かいました。
　　①よっか　　　　②はにちち　　　③よおか　　　　④ようか

9. にがつから　ろくがつまで　<u>4か月</u>　りょこうします。
　　①しかげつ　　　②よんかげつ　　③しげつ　　　　④よっかげつ

10. なつやすみに　6週間　にほんごがっこうで　べんきょうします。

①ろっくしゅうかん　　　　　②むいしゅうかん

③ろくしゅうかん　　　　　　④ろぐしゅうかん

解答：1.②　2.③　3.①　4.④　5.②　6.②　7.①　8.④　9.②　10.③

問題解析

1. ここから駅まで 8分かかります。　從這裡到車站要八分鐘。

2. 昨日は4時間勉強しました。　昨天讀了四個小時的書。

3. 試験まで10日です。　到考試還有十天。

4. 国で日本語を 9か月勉強しました。　在母國學了九個月的日文。

5. 大学は4年です。　大學要念四年。

6. 大学まで歩いて 9分です。　走路到大學要九分鐘。

7. 昨日は10時間寝ました。　昨天睡了十個小時。

8. 8日前に新しい車を買いました。　八天前買了新車。

9. 2月から 6月まで 4か月旅行します。　二月開始到六月，要旅行四個月。

10. 夏休みに 6週間日本語学校で勉強します。

暑假有六個星期要在日語學校學習。

1-1-13 家具（家具） 🔊 MP3-28

1 いす **0** 【椅子】 椅子　□□

大きい　椅子を　買いたいです。

想買很大的椅子。

---

2 たな **0** 【棚】 架子　□□

棚の　上に　写真が　たくさん　あります。

架上有很多照片。

---

3 つくえ **0** 【机】 桌子　□□

おじに　机を　もらいました。

從叔叔那裡得到桌子。

---

4 ほんだな **1** 【本棚】 書櫃　□□

本棚は　机の　横に　置いて　ください。

請把書櫃放在桌子的旁邊。

---

5 テーブル **0** 桌子　□□

テーブルの　下に　猫が　います。

桌子底下有貓。

---

6 ドア **1** 門　□□

ドアを　閉めて　ください。

請關門。

7 ベッド ❶ 床

<u>ベッド</u>に 子供（こども）が 寝（ね）て います。

孩子在床上睡著。

練習問題

1. さむいですから、（　　　）が　しめて　あります。

　①ドア　　　　　②ヒーター　　　③エアコン　　　④セーター

2. かばんは　（　　　）の　したに　おいて　ください。

　①きょうしつ　　②つくえ　　　　③がっこう　　　④きょうかしょ

3. どうぞ　（　　　）に　すわって　ください。

　①たな　　　　　②つくえ　　　　③いす　　　　　④テーブル

4. こどもが　（　　　）に　ねて　います。

　①ベッド　　　　②ドア　　　　　③ストーブ　　　④ケータイ

5. （　　　）の　よこに　ねこが　います。

　①ラジオ　　　　②テーブル　　　③ドア　　　　　④コップ

解答：1.①　2.②　3.③　4.①　5.②

問題解析

1. 寒いですから、ドアが閉めてあります。　因為很冷，所以門關著。

2. かばんは机の下に置いてください。　請把包包放在桌子下面。

3. どうぞ椅子に座ってください。　請坐在椅子上。

4. 子供がベッドに寝ています。　小孩正在床上睡覺。

5. テーブルの横に猫がいます。　桌子旁邊有貓。

服（衣服） 🔊 MP3-29

1 かばん **◐** 【鞄】 包包 ☐ ☐

大きい　かばんを　買いました。

買了大包包。

2 くつ **❷** 【靴】 鞋子 ☐ ☐

その　黒い　靴は　誰のですか。

那雙黑色的鞋子是誰的呢？

3 くつした **❷** 【靴下】 襪子 ☐ ☐

わたしの　靴下は　どこですか。

我的襪子在哪裡呢？

4 ふく **❷** 【服】 衣服 ☐ ☐

この　服は　小さいです。

這件衣服很小。

5 めがね **❶** 【眼鏡】 眼鏡 ☐ ☐

父は　めがねを　かけて　います。

爸爸戴著眼鏡。

6 ぼうし **◐** 【帽子】 帽子 ☐ ☐

林さんは　帽子を　かぶって　います。

林先生戴著帽子。

7 ようふく **⓪** 【洋服】 衣服

母に　洋服を　もらいました。
はは　　ようふく

從媽媽那裡得到了衣服。

8 コート **❶** 大衣

新しい　コートを　買いたいです。
あたら　　　　　　　か

想買新的大衣。

9 スカート **❷** 裙子

スカートより　ズボンの　ほうが　好きです。
　　　　　　　　　　　　　　　　　　す

比起裙子比較喜歡褲子。

10 スーツ **❶** 西裝

スーツを　持って　いません。
　　　　　も

我沒有西裝。

11 ズボン **❶** 褲子

この　ズボンは　とても　長いです。
　　　　　　　　　　　　なが

這條褲子非常長。

12 セーター **❶** 毛衣

彼に　セーターを　あげました。
かれ

送了他毛衣。

13 シャツ **❶** 襯衫

その　シャツは　高いですね。
　　　　　　　たか

這件襯衫很貴呢。

14 Ｔシャツ **❶** Ｔ恤 　　　　　　　　　　　　☐☐

<u>Ｔシャツ</u>を　たくさん　持って　います。

擁有很多件T恤。

....

15 ハンカチ **❶** 手帕 　　　　　　　　　　　　☐☐

<u>ハンカチ</u>を　貸して　ください。

請借我手帕。

練習問題

1. さむいですから、あたらしい　（　　　）を　かいました。

　①スカート　　　②ハンカチ　　　③セーター　　　④テーブル

2. むすめは　よく　（　　　）を　はきます。

　①コート　　　　②シャツ　　　　③スカート　　　④メートル

3. めが　わるいですから、（　　　）を　かけて　います。

　①かばん　　　　②くつした　　　③ようふく　　　④めがね

4. その　（　　　）は　おおきいですから、たくさん　ものが

　はいります。

　①ふく　　　　　②めがね　　　　③かばん　　　　④ぼうし

5. にほんの　いえでは　（　　　）を　ぬぎます。

　①くつ　　　　　②ふく　　　　　③スカート　　　④ズボン

....

解答：1. ③　2. ③　3. ④　4. ③　5. ①

問題解析

1. 寒いですから、新しいセーターを買いました。

因為寒冷，所以買了新的毛衣。

2. 娘はよくスカートをはきます。

女兒常常穿裙子。

3. 目が悪いですから、眼鏡をかけています。

因為眼睛不好，所以戴著眼鏡。

4. そのかばんは大きいですから、たくさん物が入ります。

因為那個包包很大，所以可以放很多東西。

5. 日本の家では靴を脱ぎます。

在日本人家裡要脫鞋子。

1 でんき ❶ 【電気】 電燈 ☐☐

電気が 消えました。

停電了。

2 でんわ ❷ 【電話】 電話 ☐☐

明日 林さんに 電話を かけますね。

明天要打給林先生吧。

3 とけい ❷ 【時計】 時鐘 ☐☐

その 時計、素敵ですね。

那個時鐘很漂亮耶。

4 れいぞうこ ❸ 【冷蔵庫】 冰箱 ☐☐

うちの 冷蔵庫は パナソニックのです。

家裡的冰箱是Panasonic的。

5 カメラ ❶ 相機 ☐☐

その カメラは いくらですか。

那個相機多少錢呢？

6 ケータイ ❷ 手機 ☐☐

ケータイは 便利です。

手機很便利。

7 ストーブ ❷ 暖爐 ☐☐

<u>ストーブ</u>が　ほしいです。

想要暖爐。

8 テレビ ❶ 電視 ☐☐

<u>テレビ</u>を　つけて　ください。

請打開電視。

練習問題

1. <u>でんき</u>が　ついて　いますから、へやが　あかるいです。
　　①電気　　　　　②電機　　　　　③電器　　　　　④電話

2. <u>時計</u>が　ありませんから、じかんが　わかりません。
　　①ときい　　　　②とけい　　　　③とけえ　　　　④どけえ

3. さむいですから、（　　　）を　つけましょうか。
　　①たな　　　　　②つくえ　　　　③ストーブ　　　④テーブル

4. あたらしい　（　　　）で、こどもの　しゃしんを　とりたいです。
　　①カメラ　　　　②カーテン　　　③テレビ　　　　④ラジオ

5. いっしょに　にほんの　（　　　）を　みませんか。
　　①ラジオ　　　　②テレビ　　　　③カラオケ　　　④テスト

解答：1. ①　2. ②　3. ③　4. ①　5. ②

1. 電気がついていますから、部屋が明るいです。

   因為燈開著，所以房間很亮。

2. 時計がありませんから、時間が分かりません。

   因為沒有時鐘，所以不知道時間。

3. 寒いですから、ストーブをつけましょうか。

   因為很冷，打開暖爐吧？

4. 新しいカメラで、子供の写真を撮りたいです。

   想用新相機拍小孩的照片。

5. 一緒に日本のテレビを見ませんか。

   要一起看日本電視節目嗎？

1-1-16 体（身體） 🔊 MP3-31

1 あし ❷【足】 脚 　　　　　　　□□

陳さんは 足が 長いです。

陳先生的腳很長。

‥‥‥‥‥‥‥‥‥‥‥‥‥‥‥‥‥‥‥‥‥‥‥‥

2 あたま ❸【頭】 頭 　　　　　　　□□

兄は 頭が いいです。

哥哥的頭腦很好。

‥‥‥‥‥‥‥‥‥‥‥‥‥‥‥‥‥‥‥‥‥‥‥‥

3 おなか ❶【お腹】 肚子 　　　　　□□

おなかが すきました。

肚子餓了。

‥‥‥‥‥‥‥‥‥‥‥‥‥‥‥‥‥‥‥‥‥‥‥‥

4 かお ❶【顔】 臉 　　　　　　　　□□

顔が 赤く なりました。

臉變紅了。

‥‥‥‥‥‥‥‥‥‥‥‥‥‥‥‥‥‥‥‥‥‥‥‥

5 かみ ❷【髪】 頭 　　　　　　　　□□

わたしは 髪が 長いです。

我的頭髮很長。

‥‥‥‥‥‥‥‥‥‥‥‥‥‥‥‥‥‥‥‥‥‥‥‥

6 からだ ❶【体】 身體 　　　　　　□□

体の 調子は どうですか。

身體狀況如何呢？

7 くち **⓪** 【口】 嘴巴 ☐☐

母は 口が 大きいです。
はは くち おお

媽媽的嘴巴很大。

---

8 せ **①** 【背】 身高 ☐☐

弟は わたしより 背が 高いです。
おとうと せ たか

弟弟身高比我高。

---

9 て **①** 【手】 手 ☐☐

手が とても 冷たいです。
て つめ

手非常冰。

---

10 のど **①** 【喉】 喉嚨 ☐☐

のどが 渇きましたね。
かわ

喉嚨很渴呢。

---

11 は **①** 【歯】 牙齒 ☐☐

昨日から 歯が 痛いです。
きのう は いた

牙齒從昨天開始痛。

---

12 はな **⓪** 【鼻】 鼻子 ☐☐

父は 鼻が 高いです。
ちち はな たか

爸爸的鼻子很挺。

---

13 みみ **②** 【耳】 耳朵 ☐☐

祖父は 耳が 悪いです。
そふ みみ わる

爺爺的耳朵不好。

14 め❶ 【目】 眼睛 □□

最近 目が 悪く なりました。
<ruby>最近<rt>さいきん</rt></ruby> <ruby>目<rt>め</rt></ruby>が <ruby>悪<rt>わる</rt></ruby>く なりました。

最近視力變差了。

練習問題

1. ちちは はなが たかいです。

　①背　　　　　　②顔　　　　　　③耳　　　　　　④鼻

2. あねは かみが ながくて きれいです。

　①髪　　　　　　②顔　　　　　　③足　　　　　　④手

3. （　　　）が すきました。

　①からだ　　　　②おなか　　　　③のど　　　　　④あたま

4. （　　　）が かわきましたね。

　①のど　　　　　②おなか　　　　③みみ　　　　　④あたま

5. （　）が いたいですから、はいしゃへ いきます。

　①め　　　　　　②くち　　　　　③は　　　　　　④のど

解答：1.④　2.①　3.②　4.①　5.③

1. 父は鼻が高いです。　爸爸鼻子很挺。
   <small>ちち　はな　たか</small>

2. 姉は髪が長くてきれいです。　姊姊的頭髮很長，很漂亮。
   <small>あね　かみ　なが</small>

3. おなかがすきました。　肚子餓了。

4. 喉が渇きましたね。　喉嚨很渴呢。
   <small>のど　かわ</small>

5. 歯が痛いですから、歯医者へ行きます。　因為牙齒痛，所以要去看牙醫。
   <small>は　いた　は　いしゃ　い</small>

▶▶ 顔の部分（臉部）　🔊 MP3-32

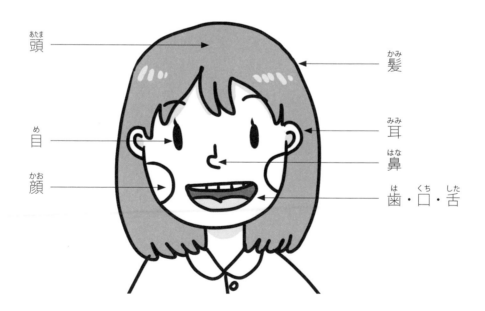

頭　（あたま）

髪　（かみ）

目　（め）

耳　（みみ）

顔　（かお）

鼻　（はな）

歯・口・舌　（は・くち・した）

▶▶ 体の部分（身體部位） 🔊 MP3-32

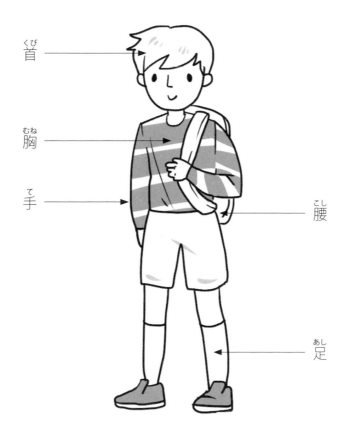

首（くび）

胸（むね）

手（て）

腰（こし）

足（あし）

自然（自然） 🔊 MP3-33

1 はる ❶【春】春天

春は 桜を 見に 行きましょう。

春天去賞櫻吧！

---

2 なつ ❷【夏】夏天

夏休みに 日本へ 行きたいです。

暑假想去日本。

---

3 あき ❶【秋】秋天

もうすぐ 秋 ですね。

馬上就是秋天了呢。

---

4 ふゆ ❷【冬】冬天

北海道は 冬 雪が たくさん 降ります。

北海道冬天下很多雪。

---

5 あめ ❶【雨】雨

今 雨が 降って います。

現在正在下雨。

---

6 うみ ❶【海】海

海へ 泳ぎに 行きませんか。

要去海邊游泳嗎？

7 かわ❷【川】 河川

川の 中に 魚が たくさん います。

河川裡面有很多魚。

8 かぜ❶【風】 風

外は 風が 強いです。

外面風很大。

9 き❶【木】 樹

庭に 大きい 木が あります。

庭院裡有很大的樹。

10 そら❶【空】 天空

今日の 空は とても 青いです。

今天的天空非常藍。

11 てんき❶【天気】 天氣

最近 天気が よく ありません。

最近的天氣不好。

12 はな❷【花】 花

桜は とても きれいな 花です。

櫻花是非常漂亮的花。

13 やま❷【山】 山

いつも 家族で 山に 登ります。

總是和家人去爬山。

14 ゆき ❷【雪】雪 　　　　　　　　　　　　　　□□

雪を　見た　ことが　ありません。

沒有看過雪。

練習問題

1. あきは　すずしいです。

　　①春　　　　　　②夏　　　　　　③秋　　　　　　④冬

2. そとは　あめが　ふって　います。

　　①雪　　　　　　②雨　　　　　　③曇　　　　　　④需

3. きょうは　てんきが　いいですね。

　　①空気　　　　　②元気　　　　　③天気　　　　　④陽気

4. こどもたちは　うみで　およいで　います。

　　①山　　　　　　②海　　　　　　③川　　　　　　④夏

5. きの　うえに　とりが　います。

　　①山　　　　　　②空　　　　　　③丘　　　　　　④木

解答：1. ③　2. ②　3. ③　4. ②　5. ④

問題解析

1. <ruby>秋<rt>あき</rt></ruby>は<ruby>涼<rt>すず</rt></ruby>しいです。　秋天很涼爽。

2. <ruby>外<rt>そと</rt></ruby>は<ruby>雨<rt>あめ</rt></ruby>が<ruby>降<rt>ふ</rt></ruby>っています。　外面正在下雨。

3. <ruby>今日<rt>きょう</rt></ruby>は<ruby>天気<rt>てんき</rt></ruby>がいいですね。　今天天氣真好呢。

4. <ruby>子供達<rt>こどもたち</rt></ruby>は<ruby>海<rt>うみ</rt></ruby>で<ruby>泳<rt>およ</rt></ruby>いでいます。　小孩子們正在海裡游泳。

5. <ruby>木<rt>き</rt></ruby>の<ruby>上<rt>うえ</rt></ruby>に<ruby>鳥<rt>とり</rt></ruby>がいます。　樹上有鳥。

1-1-18 趣味（興趣） （しゅみ）🔊 MP3-34

1 うた ❷【歌】 歌

日本の 歌を 歌う ことが できますか。
（にほん）（うた）（うた）

會唱日本的歌嗎？

2 え ❶【絵】 繪畫

陳さんは 絵が 上手です。
（ちん）（え）（じょうず）

陳先生對於繪畫很拿手。

3 えいが ⓪【映画】 電影

一緒に 映画を 見に 行きませんか。
（いっしょ）（えいが）（み）

要不要一起去看電影呢？

4 おんがく ❶【音楽】 音樂

どんな 音楽が 好きですか。
（おんがく）（す）

喜歡怎麼樣的音樂呢？

5 おんせん ⓪【温泉】 溫泉

九州で 温泉に 入りたいです。
（きゅうしゅう）（おんせん）（はい）

想要在九州泡溫泉。

6 かいもの ❶【買い物】 買東西

日曜日 買い物に 行きませんか。
（にちようび）（か）（もの）（い）

星期日要去購物嗎？

7 しゃしん ⓪【写真】 照片 ☐☐

その 写真を 見せて ください。

請讓我看那張照片。

8 しゅみ ❶【趣味】 興趣 ☐☐

わたしの 趣味は ダンスです。

我的興趣是跳舞。

9 まんが ⓪【漫画】 漫畫 ☐☐

よく 漫画を 読みますか。

常看漫畫嗎？

10 りょうり ❶【料理】 料理 ☐☐

母の 料理は とても おいしいです。

母親的料理非常美味。

11 りょこう ⓪【旅行】 旅行 ☐☐

夏休み 旅行に 行きたいです。

暑假想去旅行。

12 カラオケ ⓪ 卡拉OK ☐☐

カラオケが 好きです。

喜歡卡拉OK。

13 ギター ❶ 吉他 ☐☐

ギターを 習いたいです。

想學吉他。

14 ゲーム ❶ 遊戲

この ゲームは あまり 面白く ありません。
おもしろ

這個遊戲不太有趣。

15 ピアノ ❷ 鋼琴

ピアノを 弾く ことが できますか。
ひ

會彈奏鋼琴嗎?

練習問題

1. おんがくを ききます。
　①音学　　　　②音楽　　　　③音薬　　　　④歌曲

2. いっしょに しゃしんを とりましょう。
　①映真　　　　②写画　　　　③写慎　　　　④写真

3. えが へたです。
　①会　　　　　②線　　　　　③画　　　　　④絵

4. ははの 料理が いちばん おいしいです。
　①りより　　　②りょおり　　③りょうり　　④りょりい

5. 趣味は カラオケです。
　①しゅみ　　　②きょうみ　　③しゅうみ　　④きょみ

6. ぴあのを ひきます。
　①プオナ　　　②ピアノ　　　③ピナノ　　　④プオノ

解答：1. ②　2. ④　3. ④　4. ③　5. ①　6. ②

問題解析

1. <ruby>音楽<rt>おんがく</rt></ruby>を<ruby>聞<rt>き</rt></ruby>きます。　聽音樂。

2. <ruby>一緒<rt>いっしょ</rt></ruby>に<ruby>写真<rt>しゃしん</rt></ruby>を<ruby>撮<rt>と</rt></ruby>りましょう。　一起拍照吧。

3. <ruby>絵<rt>え</rt></ruby>が<ruby>下手<rt>へた</rt></ruby>です。　不擅長畫畫。

4. <ruby>母<rt>はは</rt></ruby>の<ruby>料理<rt>りょうり</rt></ruby>が<ruby>一番<rt>いちばん</rt></ruby>おいしいです。　媽媽的料理最好吃。

5. <ruby>趣味<rt>しゅみ</rt></ruby>はカラオケです。　興趣是卡拉OK。

6. <ruby>ピアノ</ruby>を<ruby>弾<rt>ひ</rt></ruby>きます。　彈奏鋼琴。

運動（運動） 🔊 MP3-35

---

1 うんどう ⓪ 【運動】 運動 ☐☐

よく 運動を しますか。

常運動嗎？

----

2 さんぽ ⓪ 【散歩】 散步 ☐☐

毎日 散歩を して います。

每天都散步。

----

3 すいえい ⓪ 【水泳】 游泳 ☐☐

水泳は あまり 好きでは ありません。

不是很喜歡游泳。

----

4 やきゅう ⓪ 【野球】 棒球 ☐☐

日曜日 野球の 試合を 見に 行きます。

星期日要去看棒球比賽。

----

5 サッカー ❶ 足球 ☐☐

わたしの 子供は サッカーが 好きです。

我的小孩喜歡足球。

----

6 スキー ❷ 滑雪 ☐☐

スキーを したことが ありません。

沒有滑過雪。

7 スポーツ ❷ 運動 ☐ ☐

　スポーツは　体_{からだ}に　いいです。

　運動對身體很好。

8 ダンス ❶ 跳舞 ☐ ☐

　1週間_{いっしゅうかん}に　1回_{いっかい}　ダンスを　習_{なら}って　います。

　一週學一次舞。

9 テニス ❶ 網球 ☐ ☐

　午後_{ごご}　一緒_{いっしょ}に　テニスを　しませんか。

　下午要不要一起打網球呢？

練習問題

1. よく　運動を　しますか。

　①うどう　　　②うんどお　　　③うんどう　　　④うんど

2. ちちは　野球が　すきです。

　①やきゅ　　　②やきゅう　　　③やきょう　　　④やきょ

3. 散歩に　いきます。

　①さんぷ　　　②さんぽ　　　③さんぼ　　　④さんぶ

4. （　　　）を　みに　いきませんか。

　①サカー　　　②サーッカー　　　③サーカー　　　④サッカー

5. （　　　）を　ならって　います。

　①ダンス　　　②テレビ　　　③ラジオ　　　④タクシー

解答：1. ③　2. ②　3. ②　4. ④　5. ①

1. よく<u>運動</u>をしますか。 常運動嗎？

2. 父は<u>野球</u>が好きです。 爸爸喜歡棒球。

3. <u>散歩</u>に行きます。 去散步。

4. <u>サッカー</u>を見に行きませんか。 要去看足球嗎？

5. <u>ダンス</u>を習っています。 正在學跳舞。

1-1-20 色（顔色） 🔊 MP3-36

1 あお ❶【青】 藍色 ☐☐

父の 車は 青の トヨタです。

爸爸的車是藍色的TOYOTA。

- -

2 あか ❶【赤】 紅色 ☐☐

赤の セーターを 着て いる 人は 妹 です。

穿著紅色毛衣的人是妹妹。

- -

3 いろ ❷【色】 顔色 ☐☐

どの 色の 靴が ほしいですか。

想要哪個顏色的鞋子呢？

- -

4 きいろ ❶【黄色】 黃色 ☐☐

黄色の ペンは ありますか。

有黃色的筆嗎？

- -

5 くろ ❶【黒】 黑色 ☐☐

うちの 猫の 毛は 黒です。

我家的貓的毛是黑色。

- -

6 しろ ❶【白】 白色 ☐☐

白は すぐ 汚く なりますから、気を つけて ください。

因為白色很容易弄髒，請小心。

7 ちゃいろ **⓪** 【茶色】 咖啡色　　　　　　　　　　　□ □

　　その　<ruby>茶色<rt>ちゃいろ</rt></ruby>の　<ruby>帽子<rt>ぼうし</rt></ruby>を　<ruby>取<rt>と</rt></ruby>って　ください。

　　請拿那頂咖啡色的帽子。

練習問題

1. わたしの　かばんは　白です。

　　①あお　　　　　　②あか　　　　　　③しろ　　　　　　④くろ

2. あの　青の　くるまは　だれの　ですか。

　　①あお　　　　　　②あか　　　　　　③しろ　　　　　　④くろ

3. しんごうは　（　　　）ですから、とまりましょう。

　　①あか　　　　　　②きいろ　　　　　③あお　　　　　　④くろ

4. この　ふくは　きれいな　（　　　）ですね。

　　①いら　　　　　　②いる　　　　　　③いし　　　　　　④いろ

解答：1. ③　2. ①　3. ①　4. ④

問題解析

1. わたしのかばんは<ruby>白<rt>しろ</rt></ruby>です。　我的包包是白色的。

2. あの<ruby>青<rt>あお</rt></ruby>の<ruby>車<rt>くるま</rt></ruby>は<ruby>誰<rt>だれ</rt></ruby>のですか。　那台藍色的車是誰的呢？

3. <ruby>信号<rt>しんごう</rt></ruby>は<ruby>赤<rt>あか</rt></ruby>ですから、<ruby>止<rt>と</rt></ruby>まりましょう。　因為是紅燈，停下來吧。

4. この<ruby>服<rt>ふく</rt></ruby>はきれいな<ruby>色<rt>いろ</rt></ruby>ですね。　這件衣服是漂亮的顏色呢。

1-1-21 物（物品） もの 🔊 MP3-37

1 おかね **0** 【お金】 錢 ☐☐

細かい お金が ありますか。
こま かね

有零錢嗎？

---

2 おみやげ **0** 【お土産】 名產 ☐☐

これは 京都の お土産です。どうぞ。
きょうと みやげ

這是京都的名產。請收下。

---

3 かぎ **2** 【鍵】 鑰匙 ☐☐

これは 車の 鍵ですか、家の 鍵ですか。
くるま かぎ いえ かぎ

這是車的鑰匙嗎？還是家裡的鑰匙呢？

---

4 かさ **1** 【傘】 雨傘 ☐☐

雨ですから、傘を 持って 行った ほうが いいですよ。
あめ かさ も い

因為下雨，帶雨傘去比較好喔。

---

5 かびん **0** 【花瓶】 花瓶 ☐☐

その 花瓶、素敵ですね。
か びん す てき

那個花瓶，真漂亮耶。

---

6 きって **0** 【切手】 郵票 ☐☐

すみません、８０円の 切手を ３枚 ください。
はちじゅうえん きって さんまい

不好意思，請給我三張八十日圓的郵票。

7 きっぷ **⓪** 【切符】 票 □□

どこで 電車の 切符を 買いますか。

電車的車票在哪裡買呢？

8 くすり **⓪** 【薬】 藥 □□

1日に 3回 薬を 飲みます。

一天吃三次藥。

9 ざっし **⓪** 【雑誌】 雜誌 □□

これは カメラの 雑誌です。

這是相機的雜誌。

10 しんぶん **⓪** 【新聞】 報紙 □□

毎朝 新聞を 読みますか。

每天早上看報紙嗎？

11 しゃしん **⓪** 【写真】 照片 □□

すみませんが、写真を 撮って ください。

不好意思，請幫我拍照。

12 ちず **❶** 【地図】 地圖 □□

地図を 書きましょうか。

來畫地圖吧？

13 にもつ **❶** 【荷物】 行李 □□

そこに 荷物を 置かないで ください。

請不要把行李放在那裡。

14 はいざら **⓪** 【灰皿】 菸灰缸 ☐☐

<ruby>灰皿<rt>はいざら</rt></ruby>を <ruby>使<rt>つか</rt></ruby>いますか。

要使用菸灰缸嗎？

---

15 はこ **⓪** 【箱】 箱子 ☐☐

<ruby>箱<rt>はこ</rt></ruby>の <ruby>中<rt>なか</rt></ruby>に <ruby>何<rt>なに</rt></ruby>か ありますか。

箱子裡是不是有什麼呢？

---

16 はな **❷** 【花】 花 ☐☐

<ruby>庭<rt>にわ</rt></ruby>に きれいな <ruby>花<rt>はな</rt></ruby>が たくさん ありますね。

庭院裡有很多漂亮的花呢。

---

17 ふうとう **⓪** 【封筒】 信封 ☐☐

<ruby>机<rt>つくえ</rt></ruby>の <ruby>上<rt>うえ</rt></ruby>に <ruby>封筒<rt>ふうとう</rt></ruby>が ありますよ。

書桌上有信封唷。

---

18 カレンダー **❷** 日曆 ☐☐

これは <ruby>今年<rt>ことし</rt></ruby>の カレンダーです。

這是今年的日曆。

---

19 チケット **❷** 票 ☐☐

<ruby>映画<rt>えいが</rt></ruby>の チケットを <ruby>2枚<rt>にまい</rt></ruby> もらいました。

得到了二張電影票。

---

20 プレゼント **❷** 禮物 ☐☐

<ruby>誕生日<rt>たんじょうび</rt></ruby>に どんな プレゼントが ほしいですか。

生日的時候，想要怎樣的禮物呢？

1. かぜですから、くすりを　のみます。

　　①雨　　　　　　　②薬　　　　　　③水　　　　　　④酒

2. 切手を　さんまい　ください。

　　①きって　　　　　②ふうとう　　　③かさ　　　　　④きっぷ

3. まいにち　新聞を　よんで　います。

　　①しんぷん　　　②しんぶん　　　③しんぷ　　　　④しぶん

4. みちが　わかりませんから、ちずを　みましょう。

　　①本　　　　　　　②辞書　　　　　③雑誌　　　　　④地図

5. たんじょうびに　ともだちから　（　　　）を　もらいました。

　　①レストラン　　②マレーシア　　③プレゼント　　④クリスマス

解答：1. ②　2. ①　3. ②　4. ④　5. ③

問題解析

1. 風邪ですから、薬を飲みます。　因為感冒，所以吃藥。

2. 切手を3枚ください。　請給我三張郵票。

3. 毎日新聞を読んでいます。　每天都讀報紙。

4. 道が分かりませんから、地図を見ましょう。　因為不知道路，看地圖吧。

5. 誕生日に友達からプレゼントをもらいました。
　　生日時，從朋友那收到了禮物。

1-1-22 動詞性名詞（動詞性名詞） 🔊 MP3-38

1 かいぎ（する）❶❸【会議】 會議 ☐☐

今日の　会議は　1時から　3時までです。

今天的會議從一點開始到三點。

ここでは　会議が　できません。

這裡不能開會。

2 しあい（する）❶【試合】 比賽 ☐☐

明日の　試合、頑張って　ください。

明天的比賽，請加油。

もう　Aチームとは　試合しましたよ。

已經跟A隊比賽過了喔。

3 しごと（する）❶【仕事】 工作 ☐☐

仕事は　大変ですが、楽しいです。

工作雖然很辛苦，但很開心。

日曜日も　仕事しますか。

星期日也要工作嗎？

4 せいかつ（する）❶【生活】 生活 ☐☐

日本の　生活に　慣れましたか。

習慣日本的生活了嗎？

寂しくて、一人では　生活できません。

很寂寞，無法一個人生活。

5 せんたく（する）**⓿**【洗濯】洗衣服 ☐☐

今日の 天気は 洗濯に いいです。

今天的天氣適合洗衣服。

今日は 天気が いいですから、洗濯しましょう。

因為今天天氣很好，來洗衣服吧。

---

6 そうじ（する）**❶**【掃除】打掃 ☐☐

わたしは 掃除が 嫌いです。

我討厭打掃。

1週間に 2回 部屋の 掃除を します。

一週打掃二次房間。

---

7 ちゅうもん（する）**⓿**【注文】點餐 ☐☐

ご注文、よろしいでしょうか。

點好餐了嗎？

コーヒーを 2つ 注文しました。

點了二杯咖啡。

---

8 はなし（する）**❸**【話】話 ☐☐

先生の 話は いつも 長いです。

老師的話總是很長。

ここでは 大きい 声で 話を しないで ください。

請不要在這裡大聲說話。

9 べんきょう（する）**⓪**【勉強】 讀書

日本語の　勉強は　どうですか。

日文讀得怎麼樣？

昨日は　全然　勉強しませんでした。

昨天完全沒唸書。

10 アルバイト（する）**❸** 打工

今日は　午後から　アルバイトが　あります。

今天下午開始有打工。

1週間に　3回　アルバイトして　います。

一週打工三次。

11 パーティー（する）**❶** 派對

夜は　友達と　パーティーに　行きます。

晚上要和朋友去派對。

クリスマスの　夜は　パーティーを　しますから、
どうぞ　来て　ください。

聖誕夜會辦派對，請來（參加）。

1. せんせいの　はなしは　おもしろいです。

　　①語　　　　　　②記　　　　　　③話　　　　　　④読

2. どようびは　いえの　掃除を　します。

　　①せんたく　　　②しごと　　　　③せいかつ　　　④そうじ

3. ごごから　かいぎが　あります。

　　①注文　　　　　②試合　　　　　③仕事　　　　　④会議

4. まいにち　（　　　）を　しています。

　　①パソコン　　　②アルバイト　　③レストラン　　④クリスマス

解答：1.③　2.④　3.④　4.②

問題解析

1. 先生の話は面白いです。　老師的話很有趣。

2. 土曜日は家の掃除をします。　星期六要打掃家裡。

3. 午後から会議があります。　從下午開始有會議。

4. 毎日アルバイトをしています。　每天都去打工。

1-1-23 その他（た）（其他） 🔊 MP3-39

1 いちばん ⓪ 【一番】 最　☐☐

果物（くだもの）で　一番（いちばん）　好（す）きな　ものは　何（なん）ですか。

在水果當中，最喜歡的是什麼呢？

- -

2 いみ ❶ 【意味】 意思　☐☐

これは　どういう　意味（いみ）ですか。

這是什麼意思呢？

- -

3 えん ❶ 【円】 日圓　☐☐

これは　100円（ひゃくえん）です。

這個一百日圓。

- -

4 かたち ⓪ 【形】 形狀　☐☐

この　かばんの　形（かたち）は　面白（おもしろ）いですね。

這個包包的形狀很有趣耶。

- -

5 かぜ ⓪ 【風邪】 感冒　☐☐

風邪（かぜ）ですから、会社（かいしゃ）を　休（やす）みます。

因為感冒，所以要向公司請假。

- -

6 かんじ ⓪ 【漢字】 漢字　☐☐

漢字（かんじ）は　とても　難（むずか）しいです。

漢字非常困難。

7 ことば ❸【言葉】 單字 ☐☐

この 言葉の 意味を 教えて ください。

請告訴我這個單字的意思。

---

8 じぶん ❶【自分】 自己 ☐☐

この 問題は 自分で 考えましょう。

這個問題，自己想想吧。

---

9 じゅうしょ ❶【住所】 住址 ☐☐

ご住所は どちらですか。

請問您的住址是哪裡呢？

---

10 しゅるい ❶【種類】 種類 ☐☐

果物は たくさん 種類が あります。

水果有很多種類。

---

11 じゅんばん ❶【順番】 順序 ☐☐

次は わたしの 順番です。

下一個輪到我。

---

12 たんじょうび ❸【誕生日】 生日 ☐☐

わたしの 誕生日は 7月11日です。

我的生日是七月十一日。

---

13 なまえ ❶【名前】 名字 ☐☐

ここに 名前を 書いて ください。

請在這裡寫名字。

14 ばんごう ❸【番号】 號碼 ☐ ☐

図書館の 電話番号は 何番ですか。

圖書館的電話號碼是多少呢？

15 びょうき ❶【病気】 生病 ☐ ☐

わたしの 犬が 病気に なりました。

我的狗生病了。

16 インターネット ❺ 網路 ☐ ☐

インターネットは とても 便利です。

網路非常方便。

17 メール ❶ 電子郵件 ☐ ☐

この 資料を すぐに メールで 送ります。

馬上用電子郵件把這個資料寄出去。

練習問題

1. いちばん すきな スポーツは やきゅうです。

　①藍球　　　　②野球　　　　③卓球　　　　④白球

2. せんせいの 住所を しって いますか。

　①じゅうしょう　②じゅしょう　　③じゅうしょ　　④じゅうじょう

3. この 意味が わかりません。

　①いし　　　　②いあじ　　　　③いみ　　　　④いす

4. (　　　)は　べんりです。

　　①ジュース　　　②ページ　　　　③スポーツ　　　④メール

5. ここに　なまえを　(　　　)で　かいて　ください。

　　①かたち　　　　②かんじ　　　　③でんわ　　　　④ことば

解答：1. ②　2. ③　3. ③　4. ④　5. ②

問題解析

1. 一番好きなスポーツは野球です。　最喜歡的運動是棒球。
いちばん す　　　　　　　　　　や きゅう

2. 先生の住所を知っていますか。　知道老師的住址嗎？
せんせい じゅうしょ し

3. この意味が分かりません。　不知道這個的意思。
い み わ

4. メールは便利です。　電子郵件很方便。
べん り

5. ここに名前を漢字で書いてください。　請在這裡用漢字寫下名字。
な まえ かん じ か

1-1-24 総合練習（總複習）

そうごうれんしゅう

問題 1

1. 封筒を　1まい　ください。
   ①ふうとう　　　②きって　　　　③かみ　　　　④コピー

2. わたしの　かばんは　青です。
   ①くろ　　　　　②しろ　　　　　③あか　　　　④あお

3. いつも　自転車で　がっこうへ　いきます。
   ①じどうしゃ　　②じでんしゃ　　③じてんしゃ　　④じでんしゅ

4. じゅぎょうは　4時までです。
   ①よんじ　　　　②しじ　　　　　③ようじ　　　④よじ

5. わたしの　祖母は　もう90さいです。
   ①そぶ　　　　　②そぼ　　　　　③そば　　　　④そふ

6. いま　中国語を　ならって　います。
   ①ちゅうごくご　②ちゅごくご　　③ちょうごくご　④ちゅうくにご

7. えいごの　授業は　なんじからですか。
   ①じゅうぎょう　②じゅぎょう　　③じゅっぎょう　④じゅっぎょ

8. 雪が　ふって　います。
   ①あめ　　　　　②ふゆ　　　　　③くも　　　　④ゆき

9. <u>兄</u>は　にほんごの　せんせいです。
　　①あね　　　　　②おに　　　　　③あに　　　　　④おね

10. きょうは　すこし　<u>頭</u>が　いたいです。
　　①とう　　　　　②あだま　　　　　③あたま　　　　　④かしら

解答：1.①　2.④　3.③　4.④　5.②　6.①　7.②　8.④　9.③　10.③

問題解析 **1**

1. <u>封筒</u>を 1 <u>枚</u>ください。　請給我一個信封。
　　ふうとう　　いちまい

2. わたしのかばんは<u>青</u>です。　我的包包是藍色的。
　　　　　　　　　あお

3. いつも<u>自転車</u>で<u>学校</u>へ<u>行</u>きます。　總是騎腳踏車到學校。
　　　　じてんしゃ　がっこう　い

4. <u>授業</u>は<u>4時</u>までです。　上課上到四點。
　　じゅぎょう　よじ

5. わたしの<u>祖母</u>はもう９０<u>歳</u>です。　我的祖母已經九十歲了。
　　　　　そぼ　　　　きゅうじゅっさい

6. <u>今</u><u>中国語</u>を<u>習</u>っています。　現在在學中文。
　　いまちゅうごくご　なら

7. <u>英語</u>の<u>授業</u>は<u>何時</u>からですか。　英文課幾點開始呢？
　　えいご　じゅぎょう　なんじ

8. <u>雪</u>が<u>降</u>っています。　正在下雪。
　　ゆき　ふ

9. <u>兄</u>は<u>日本語</u>の<u>先生</u>です。　我哥哥是日文老師。
　　あに　にほんご　せんせい

10. <u>今日</u>は<u>少</u>し<u>頭</u>が<u>痛</u>いです。　今天頭有點痛。
　　きょう　すこ　あたま　いた

122

問題2

1. きょうは　かぜが　つよくて、さむいです。
①気　　　　　②雨　　　　　③風　　　　　④火

2. つくえの　うえに　ほんが　あります。
①棚　　　　　②椅子　　　　③家　　　　　④机

3. だれか　しつもんが　ありますか。
①質問　　　　②時間　　　　③趣味　　　　④封筒

4. すみません、じしょを　かして　ください。
①時計　　　　②辞書　　　　③切手　　　　④荷物

5. ちんさんの　しゅみは　なんですか。
①趣味　　　　②住所　　　　③名前　　　　④問題

6. いっしょに　しゃしんを　とっても　いいですか。
①旅行　　　　②花見　　　　③写真　　　　④食事

7. きょうは　もくようびです。
①水曜日　　　②火曜日　　　③土曜日　　　④木曜日

8. そとに　ねこが　います。
①外　　　　　②家　　　　　③中　　　　　④横

9. くうこうに　ともだちを　むかえに　いきます。
①出口　　　　②空港　　　　③銀行　　　　④映画

10. はんとし　にほんごを　べんきょうしました。

　　①半年　　　　　　②今年　　　　　　③去年　　　　　　④毎年

解答：1. ③　2. ④　3. ①　4. ②　5. ①　6. ③　7. ④　8. ①　9. ②　10. ①

問題解析 2

1. 今日は風が強くて、寒いです。　今天風很大很冷。
きょう　　かぜ　つよ　　　　　さむ

2. 机の上に本があります。　桌上有書。
つくえ　うえ　ほん

3. 誰か質問がありますか。　有人有問題嗎？
だれ　しつもん

4. すみません、辞書を貸してください。　不好意思，請借我字典。
じしょ　か

5. 陳さんの趣味は何ですか。　陳先生的興趣是什麼呀？
ちん　　　しゅみ　なん

6. 一緒に写真を撮ってもいいですか。　可以一起照張相嗎？
いっしょ　しゃしん　と

7. 今日は木曜日です。　今天是星期四。
きょう　もくようび

8. 外に猫がいます。　外面有貓。
そと　ねこ

9. 空港に友達を迎えに行きます。　要去機場接朋友。
くうこう　ともだち　むか　い

10. 半年日本語を勉強しました。　學了半年的日文。
はんとしにほん　ご　べんきょう

124

問題3

1. ビールは （　　　）に いれて あります。
　　①きっさてん　　②レストラン　　③スーパー　　④れいぞうこ

2. ははの （　　　）の えを かきました。
　　①かお　　　　　②いろ　　　　　③ゆき　　　　　④くも

3. ちちの たんじょうびに （　　　）を あげました。
　　①コンビニ　　　②デパート　　　③プレゼント　　④ダンス

4. えんぴつと （　　　）を かして ください。
　　①けしゴム　　　②テニス　　　　③レジ　　　　　④けさ

5. この （　　　）は つめたくて おいしいです。
　　①ラーメン　　　　　　　　　②アイスクリーム
　　③カレー　　　　　　　　　　④カレンダー

6. この （　　　）に たくさん やさいや くだものが あります。
　　①ところ　　　　②しやくしょ　　③どうぶつえ　　④やおや

7. コーヒーに （　　　）を いれますか。
　　①テスト　　　　②トイレ　　　　③ミルク　　　　④ホテル

8. えいがの （　　　）が 2まい あります。
　　①チケット　　　②コップ　　　　③サッカー　　　④ベッド

9. わたしと ちんさんの がっこうは （　　　）です。
　　①おかし　　　　②おなじ　　　　③ちがい　　　　④おやじ

10 くるまの　（　　　）を　わすれました。

　①いす　　　　　②かさ　　　　　③まど　　　　　④かぎ

問題解析 3

1. ビールは冷蔵庫に入れてあります。　啤酒放在冰箱裡。

2. 母の顔の絵を書きました。　畫了媽媽的臉的畫。

3. 父の誕生日にプレゼントをあげました。

　在爸爸的生日的時候送了禮物。

4. 鉛筆と消しゴムを貸してください。　請借我鉛筆和橡皮擦。

5. このアイスクリームは冷たくて、おいしいです。

　這個冰淇淋冰冰的很好吃。

6. この八百屋にたくさん野菜や果物があります。

　這個蔬菜店有很多蔬菜跟水果。

7. コーヒーにミルクを入れますか。　咖啡要放牛奶嗎？

8. 映画のチケットが2枚あります。　有二張電影票。

9. わたしと陳さんの学校は同じです。　我和陳小姐是同一間學校。

10. 車の鍵を忘れました。　忘記車子的鑰匙了。

1-2 動詞（動詞）

1-2-1 第一類　自動詞（第一類　自動詞）

A 🔊 MP3-40

1 あいます❸【会います】 見面　☐☐
明日　友達に　会います。
明天要見朋友。

2 あきます❸【開きます】 開　☐☐
ドアが　開いて　います。
門開著。

3 あそびます❶【遊びます】 玩　☐☐
今度　遊びに　行きませんか。
下次要去玩嗎？

4 あつまります❺【集まります】 集合　☐☐
デパートの　前に　人が　たくさん　集まって　います。
很多人聚集在百貨公司的前面。

5 あります❸ 有　☐☐
机の　上に　雑誌が　あります。
桌上有雜誌。

6 あるきます ❹ 【歩きます】 走 ☐☐

毎日 30分 歩いて います。
まいにち さんじゅっぷん ある

每天走三十分鐘。

7 いいます ❸ 【言います】 說 ☐☐

先生は 疲れたと 言いました。
せんせい つか い

老師説累了。

8 いきます ❸ 【行きます】 去 ☐☐

これから 台北へ 行きます。
たいぺい い

接下來要去臺北。

9 いそぎます ❹ 【急ぎます】 急忙、趕 ☐☐

時間が ありませんから、急いで ください。
じかん いそ

因為沒有時間,請快點。

10 いります ❸ 【要ります】 需要 ☐☐

大人は お金が 要りますが、子供は 要りません。
おとな かね い こども い

大人需要錢,但小孩不需要。

11 うごきます ❹ 【動きます】 移動、動 ☐☐

この 時計は 動いて いません。
とけい うご

這個時鐘沒在動。

12 おもいます ❹ 【思います】 認為、覺得 ☐☐

明日は 雨が 降ると 思います。
あした あめ ふ おも

覺得明天會下雨。

13 およぎます ❹ 【泳ぎます】 游泳

プールへ　泳_{およ}ぎに　行_いきませんか。

要去游泳池游泳嗎？

14 おわります ❹ 【終わります】 結束

授業_{じゅぎょう}は　何時_{なんじ}に　終_おわりますか。

課程幾點結束呢？

15 かえります ❹ 【帰ります】 回去

先_{さき}に　帰_{かえ}っても　いいですよ。

先回去也沒關係喔。

16 かかります ❹ 花費

台湾_{たいわん}から　日本_{にほん}まで　飛行機_{ひこうき}で　3時間_{さんじかん}ぐらい　かかります。

臺灣到日本坐飛機要花三小時左右。

17 かわきます ❹ 【渇きます】 渇

喉_{のど}が　渇_{かわ}きませんか。

喉嚨不渴嗎？

18 がんばります ❺ 【頑張ります】 加油

これからも　一緒_{いっしょ}に　頑張_{がんば}りましょう。

接下來也一起加油吧。

19 きまります ❹ 【決まります】 決定

会議_{かいぎ}の　日_ひが　決_きまりました。

開會日期決定了。

20 くもります❹【曇ります】（天氣）變陰 ☐☐

今日<ruby>きょう</ruby>は <ruby>曇<rt>くも</rt></ruby>って いますね。

今天陰陰的呢。

- -

21 こまります❹【困ります】困擾 ☐☐

あれ？ お<ruby>金<rt>かね</rt></ruby>が <ruby>足<rt>た</rt></ruby>りないですね。<ruby>困<rt>こま</rt></ruby>りましたね。

咦？錢不夠呢。很困擾吧。

練習問題 1

1. ドアが あきます。

　①開　　　　　②閉　　　　　③関　　　　　④間

2. きのう ともだちに あいました。

　①遭　　　　　②合　　　　　③見　　　　　④会

3. いつも あるいて がっこうへ いきます。

　①渡　　　　　②歩　　　　　③走　　　　　④行

4. じゅぎょうは なんじに 終わりますか。

　①か　　　　　②しゅう　　　③さ　　　　　④お

5. あした 8じに がっこうに 集まって ください。

　①あつ　　　　②しゅう　　　③はじ　　　　④こ

解答：1.①　2.④　3.②　4.④　5.①

問題解析 1

1. ドアが<ruby>開<rt>あ</rt></ruby>きます。　門要開了。

2. <ruby>昨日<rt>きのう</rt></ruby><ruby>友達<rt>ともだち</rt></ruby>に<ruby>会<rt>あ</rt></ruby>いました。　昨天和朋友見面了。

3. いつも<ruby>歩<rt>ある</rt></ruby>いて<ruby>学校<rt>がっこう</rt></ruby>へ<ruby>行<rt>い</rt></ruby>きます。　總是用走的去學校。

4. <ruby>授業<rt>じゅぎょう</rt></ruby>は<ruby>何時<rt>なんじ</rt></ruby>に<ruby>終<rt>お</rt></ruby>わりますか。　課程幾點結束呢？

5. <ruby>明日<rt>あした</rt></ruby>8<ruby>時<rt>はちじ</rt></ruby>に<ruby>学校<rt>がっこう</rt></ruby>に<ruby>集<rt>あつ</rt></ruby>まってください。　請明天八點在學校集合。

練習問題 2

1. じかんが　ありませんから　（　　　）ください。

　①がんばって　　②いそいで　　③きまって　　④　かかって

2. あついですから、プールへ　（　　　）に　行きませんか。

　①うごき　　　　②あるき　　　③およぎ　　　④あつまり

3. ようじが　ありますから、はやく　（　　　）たいです。

　①かえり　　　　②いそぎ　　　③うごき　　　④きまり

4. この　ほんは　おもしろいと　（　　　）ます。

　①こまり　　　　②おもい　　　③いい　　　　④あいます

5. こどもたちが　そとで　（　　　）います。

　①うごいて　　　②くもって　　③あそんで　　④かわいて

解答：1.②　2.③　3.①　4.②　5.③

1. 時間(じかん)がありませんから、急(いそ)いでください。

　因為沒有時間了，請快一點。

2. 暑(あつ)いですから、プールへ泳(およ)ぎに行(い)きませんか。

　因為很熱，所以要不要去游泳呢?

3. 用事(ようじ)がありますから、早(はや)く帰(かえ)りたいです。

　因為有事，所以想早點回家。

4. この本(ほん)は面白(おもしろ)いと思(おも)います。　我覺得這本書很有趣。

5. 子供達(こどもたち)が外(そと)で遊(あそ)んでいます。　小朋友們正在外面玩。

B　🔊 MP3-41

1 さきます ❸ 【咲きます】　開（花）　☐☐

　4月(しがつ)に　桜(さくら)が　咲(さ)きます。

　四月櫻花開。

....

2 しにます ❸ 【死にます】　死亡　☐☐

　先週(せんしゅう)　犬(いぬ)が　死(し)にました。

　上星期狗死了。

....

3 しまります ❹ 【閉まります】　關閉　☐☐

　ドアが　閉(し)まります。

　門要關了。

4 すみます ❸ 【住みます】 居住 　□□

陳さんは　どこに　<u>住んで</u>　いますか。

陳小姐住在哪裡呢？

---

5 すわります ❹ 【座わります】 坐 　□□

どうぞ、ここに　<u>座って</u>　ください。

請坐在這裡。

---

6 たちます ❸ 【立ちます】 站立 　□□

みなさん、<u>立って</u>　ください。

請大家站起來。

---

7 ちがいます ❹ 【違います】 不同、錯誤 　□□

「この　答えは　1ですか。」「いいえ、<u>違います</u>。3ですよ。」

「這個答案是1嗎？」「不是，錯了。是3喔。」

---

8 つきます ❸ 開（燈） 　□□

電気が　<u>ついて</u>　います。

燈開著。

---

9 とまります ❹ 【泊まります】 投宿 　□□

新宿の　近くの　ホテルに　<u>泊まります</u>。

投宿在新宿附近的飯店。

---

10 とびます ❸ 【飛びます】 飛 　□□

飛行機が　<u>飛んで</u>　います。

飛機正在飛。

11 なおります ❹ 【治ります】 痊癒、康復　☐☐

もう　風邪<ruby>かぜ</ruby>は　治<ruby>なお</ruby>りました。

感冒已經好了。

12 なきます ❸ 【泣きます】 哭泣　☐☐

子供<ruby>こども</ruby>が　大<ruby>おお</ruby>きい　声<ruby>こえ</ruby>で　泣<ruby>な</ruby>いて　います。

小朋友正大聲地哭。

13 なくなります ❺ 不見、用光　☐☐

砂糖<ruby>さとう</ruby>は　もう　なくなって　しまいました。

砂糖已經用光了。

14 とどきます ❹ 【届きます】 送達　☐☐

友達<ruby>ともだち</ruby>から　プレゼントが　届<ruby>とど</ruby>きました。

來自朋友的禮物送達了。

15 なります ❸ 變成、成為　☐☐

寒<ruby>さむ</ruby>く　なりました。

變冷了。

🔊 MP3-42

16 のぼります ❹ 【登ります】 登、爬（山）　☐☐

山<ruby>やま</ruby>に　登<ruby>のぼ</ruby>ります。

爬山。

17 のります ❸ 【乗ります】 騎乘、搭乘　☐☐

バスに　乗<ruby>の</ruby>って、学校<ruby>がっこう</ruby>へ　行<ruby>い</ruby>きます。

搭公車去學校。

18 のりかえます ❺ 【乗り換えます】 轉乘 ☐ ☐

台北駅で 地下鉄に 乗り換えます。

在臺北車站轉乘捷運。

19 はいります ❹ 【入ります】 進入 ☐ ☐

ここから 中に 入ります。

從這裡進去裡面。

20 はじまります ❺ 【始まります】 開始 ☐ ☐

会議は もうすぐ 始まります。

會議快要開始了。

21 はしります ❹ 【走ります】 跑步 ☐ ☐

大きな 犬が 走って います。

大型犬正跑著。

22 はたらきます ❺ 【働きます】工作 ☐ ☐

姉は 会社で 働いて います。

姊姊在公司工作。

23 ふきます ❸ 【吹きます】 吹；颳（風） ☐ ☐

外は 風が 吹いて います。

外面正颳著風。

24 ふります ❸ 【降ります】 降（雨、雪……等） ☐ ☐

雨が 降って います。

正下著雨。

25 やすみます ❹ 【休みます】 休假 ☐ ☐

今日は　会社を　休みます。
きょう　　かいしゃ　　やす

今天跟公司請假。

- -

26 わかります ❹ 【分かります】 知道、懂 ☐ ☐

片仮名が　あまり　分かりません。
かた か な　　　　　　わ

不太懂片假名。

- -

27 わたります ❹ 【渡ります】 渡、過 ☐ ☐

道を　渡ります。
みち　　わた

過馬路。

練習問題 3

1. ドアが　しまります。

①開　　　　　②閉　　　　　③間　　　　　④関

2. とうきょうに　すんで　います。

①泊　　　　　②住　　　　　③往　　　　　④居

3. バスに　のります。

①上　　　　　②下　　　　　③降　　　　　④乗

4. あねは　ホテルで　働いて　います。

①つ　　　　　②か　　　　　③な　　　　　④はたら

5. じかんが　ありませんから、走りましょう。

①はじま　　　②はし　　　　③おわ　　　　④はい

6. ここで　でんしゃを　降りましょう。

　　①おり　　　　　②ふり　　　　　③のり　　　　　④かり

解答：1.②　2.②　3.④　4.④　5.②　6.①

問題解析 3

1. ドアが閉（し）まります。　門要關了。

2. 東京（とうきょう）に住（す）んでいます。　住在東京。

3. バスに乗（の）ります。　要搭公車。

4. 姉（あね）はホテルで働（はたら）いています。　姊姊在旅館工作。

5. 時間（じかん）がありませんから、走（はし）りましょう。

　　因為沒有時間了，所以用跑的吧。

6. ここで電車（でんしゃ）を降（お）りましょう。　在這裡下電車吧。

練習問題 4

1. どうぞ、このいすに　（　　　）ください。

　　①たって　　　　②すわって　　　③やすんで　　　④のって

2. はしを　（　　　）ます。

　　①たべ　　　　　②わたり　　　　③のぼり　　　　④すわり

3. にわに　はなが　（　　　　）います。

　　①さいて　　　　　②たって　　　　　③すわって　　　　④やすんで

4. あかちゃんが　（　　　　）います。

　　①ふいて　　　　　②とどいて　　　　③わかって　　　　④ないて

5. まいにち　おふろに　（　　　　）ます。

　　①やすみ　　　　　②はいり　　　　　③はしり　　　　　④ふり

解答：1.②　2.②　3.①　4.④　5.②

問題解析4

1. どうぞ、この椅子に座ってください。　請坐在這椅子上。

2. 橋を渡ります。　要過橋。

3. 庭に花が咲いています。　庭院裡，花朵正開著。

4. 赤ちゃんが泣いています。　嬰兒正在哭。

5. 毎日お風呂に入ります。　每天都會泡澡。

1-2-2 第一類　他動詞（第一類　他動詞）

だいいちるい　たどうし

A 🔊 MP3-43

1 あらいます ❹【洗います】 洗 ☐☐

顔を　洗います。
かお　　あら

洗臉。

---

2 うたいます ❹【歌います】 唱歌 ☐☐

趣味は　歌を　歌うことです。
しゅみ　　うた　　うた

興趣是唱歌。

---

3 うります ❸【売ります】 販賣 ☐☐

スーパーで　日本の　お菓子を　売って　います。
にほん　　かし　　う

超市有賣日本的點心。

---

4 おきます ❸【置きます】 放置 ☐☐

そこに　荷物を　置いて　ください。
にもつ　　お

請把行李放那裡。

---

5 おくります ❹【送ります】 寄送 ☐☐

両親に　荷物を　送ります。
りょうしん　にもつ　　おく

寄送物品給父母。

---

6 おこないます ❺【行います】 舉行、舉辦 ☐☐

これから　会議を　行います。
かいぎ　　おこな

接下來要舉行會議。

7 おします ❸【押します】 按壓 ☐☐

この　ボタンを　<u>押します</u>。
<small>お</small>

按這個按鍵。

---

8 かいます ❸【買います】 買 ☐☐

<small>あたら</small>
新しい　カメラを　<u>買いたい</u>です。
<small>か</small>

想買新相機。

---

9 かえします ❹【返します】 歸還 ☐☐

<small>らいしゅう</small>　<small>げつようび</small>　　　　　　<small>ほん</small>　<small>かえ</small>
来週の　月曜日までに　この　本を　<u>返して</u>　ください。

請下星期一前歸還本書。

---

10 かきます ❸【書きます】 寫 ☐☐

<small>なまえ</small>　<small>か</small>
ここに　名前を　<u>書いて</u>　ください。

請在這裡寫上名字。

---

11 かします ❸【貸します】 借（出） ☐☐

<small>じしょ</small>　　　　　　<small>か</small>
この　辞書、ちょっと　<u>貸して</u>　ください。

這本字典，請借我一下。

---

12 かぶります ❹【被ります】 戴（帽子） ☐☐

<small>そと</small>　<small>あつ</small>　　　　　　<small>ぼうし</small>
外は　暑いですから、帽子を　<u>かぶった</u>　ほうが　いいですよ。

因為外面很熱，戴上帽子比較好喔。

---

13 ききます ❸【聞きます】 聽 ☐☐

<small>まいにち</small>　<small>おんがく</small>　　<small>き</small>
毎日　音楽を　<u>聞いて</u>　います。

每天都聽音樂。

14 ききます ❸【聞きます】 詢問 ☐☐

分からない 時は、先生に 聞きます。

不知道的時候，向老師詢問。

15 きります ❸【切ります】 切、剪 ☐☐

髪を 切りに 行きたいです。

想去剪頭髮。

🔊 MP3-44

16 ください ❸ 請給（我）…… ☐☐

すみません、りんごを 3つ ください。

不好意思，請給我三個蘋果。

17 けします ❸【消します】 熄滅、關閉 ☐☐

テレビを 消しましたか。

關電視了嗎？

18 しります ❸【知ります】 知道 ☐☐

田中先生を 知って いますか。

你知道田中老師嗎？

19 すいます ❸【吸います】 吸、抽 ☐☐

ここで たばこを 吸わないで ください。

請不要在這裡吸菸。

20 すきます ❸ 空 ☐☐

おなかが すきましたね。

肚子餓了吧。

21 だします ❸ 【出します】 拿出、提出 ☐☐

レポートは　明日までに　出して　ください。

請在明天前交報告。

---

22 だします ❸ 【出します】 使⋯⋯出去、打發、使喚 ☐☐

家の　中から　猫を　外に　出します。

把貓從家裡打發出去。

---

23 たのみます ❹ 【頼みます】 請求、委託 ☐☐

買い物を　頼んでも　いいですか。

可以幫忙買東西嗎？

---

24 ちゅうもんします ❻ 【注文します】 點菜、訂貨 ☐☐

ラーメンを　1つ　注文しました。

點了一碗拉麵。

---

25 つかいます ❹ 【使います】 使用 ☐☐

この　コンピューターを　使っても　いいですか。

可以用這台電腦嗎？

---

26 つくります ❹ 【作ります】 做、製作 ☐☐

今日は　わたしが　ご飯を　作りましょうか。

今天我來做飯吧！

---

27 とります ❸ 【取ります】 拿取 ☐☐

すみません、その　本を　取って　ください。

不好意思，請幫我拿那本書。

28 とります❸【撮ります】 拍照

ここで 写真_{しゃしん}を 撮_とっても いいですか。

可以在這裡拍照嗎？

練習問題 1

1. わからない とき、せんせいに ききます。

①聞 ②問 ③間 ④関

2. スーパーへ くだものを かいに いきます

①売 ②食 ③作 ④買

3. ともだちに ほんを かえします。

①借 ②貸 ③返 ④買

4. ここに かばんを 置いても いいですか。

①か ②お ③さ ④ひ

解答：1. ① 2. ④ 3. ③ 4. ②

問題解析 1

1. 分_わからないとき、先生_{せんせい}に聞_ききます。 不懂的時候，會問老師。

2. スーパーへ果物_{くだもの}を買_かいに行_いきます。 我要去超市買水果。

3. 友達_{ともだち}に本_{ほん}を返_{かえ}します。 還書給朋友。

4. ここにかばんを置_おいてもいいですか。 可以把包包放在這裡嗎？

1. ごはんを　たべたあと、おさらを　（　　　　）ます。

　　①あらい　　　　　②つかい　　　　　③とり　　　　　④つくり

2. ともだちに　ほんを　（　　　　）ました。

　　①かし　　　　　　②かり　　　　　　③かえし　　　　　④かけ

3. やまの　しゃしんを　（　　　　）ました。

　　①きり　　　　　　②かき　　　　　　③とり　　　　　④つくり

4. にほんへ　にもつを　（　　　　）ます

　　①かきます　　　　②あげます　　　　③おきます　　　　④おくります

5. ゆうびんきょくへ　てがみを　（　　　　）に　いきます

　　①だし　　　　　　②かい　　　　　　③よみ　　　　　④きり

　　　　　　　　　　　　　　　　　　　

解答：1.①　2.①　3.③　4.④　5.①

1. ご飯を食べた後、お皿を洗います。　吃完飯後，要洗盤子。

2. 友達に本を貸しました。　借書給朋友了。

3. 山の写真を撮りました。　拍了山的照片。

4. 日本へ荷物を送ります。　要寄行李去日本。

5. 郵便局へ手紙を出しに行きます。　要去郵局寄信。

B 🔊 MP3-45

1 なおします ❹【直します】 修理、治療 ☐☐

この カメラを 直す ことが できますか。

這個相機可以修理好嗎？

- -

2 なくします ❹【失くします】 弄丟 ☐☐

財布を 失くして しまいました。

把錢包弄丟了。

- -

3 ならいます ❹【習います】 學習 ☐☐

韓国語を 習いたいです。

想要學韓文。

- -

4 のみます ❸【飲みます】 喝 ☐☐

よく お酒を 飲みますか。

經常喝酒嗎？

- -

5 はきます ❸ 穿（鞋、襪、褲子） ☐☐

日本人は 家で くつを はきません。

日本人在家不穿鞋。

- -

6 はなします ❹【話します】 告訴、說話 ☐☐

これから 先生が 話します。

接下來由老師說話。

- -

7 はらいます ❹【払います】 付款 ☐☐

現金で 払って ください。

請用現金付款。

8 はります ❸【貼ります】 貼上

壁に　カレンダーを　貼ります。

把日曆貼在牆壁上。

9 ひきます ❸【引きます】　感染

風邪を　ひきました。

感冒了。

10 ひきます ❸【弾きます】　彈

兄は　ギターを　弾く　ことが　できます。

哥哥會彈吉他。

11 ふみます ❸【踏みます】　踩

この　線を　踏まないで　ください。

請不要踩這條線。

12 てつだいます ❺【手伝います】　幫忙

すみませんが、手伝って　ください。

不好意思，請幫我忙。

13 まちます ❸【待ちます】　等待

すみません、ちょっと　待って　ください。

不好意思，請稍等。

14 みがきます ❹【磨きます】　刷洗

歯を　磨きます。

刷牙。

15 もちます ❸ 【持ちます】 持有 ☐☐

車を　持って　いますか。
くるま　　も

有車嗎？

16 もらいます ❹ 【貰います】 得到 ☐☐

母から　時計を　もらいました。
はは　　　とけい

從媽媽那裡得到了時鐘。

17 やります ❸　做 ☐☐

その　仕事、わたしが　やりたいです。
しごと

那個工作，我想做。

18 よびます ❸ 【呼びます】 呼叫 ☐☐

タクシーを　呼びましょうか。
よ

來叫計程車吧。

19 よみます ❸ 【読みます】 讀 ☐☐

毎日　新聞を　読みますか。
まいにち　しんぶん　　よ

每天讀報紙嗎？

1. ともだちと　でんわで　<u>はな</u>しました。

　　①言　　　　　　②話　　　　　　③講　　　　　　④打

2. 陳さんは　くるまを　<u>も</u>っていますか。

　　①寺　　　　　　②侍　　　　　　③持　　　　　　④待

3. あさ、くすりを　<u>の</u>みます。

　　①館　　　　　　②食　　　　　　③飯　　　　　　④飲

4. フランスごを　<u>習</u>ったことが　あります。

　　①なら　　　　　②もら　　　　　③か　　　　　　④はら

5. ピアノを　<u>弾</u>いています

　　①か　　　　　　②ひ　　　　　　③さ　　　　　　④は

解答：1. ② 　2. ③ 　3. ④ 　4. ① 　5. ②

1. <u>友達</u>と<u>電話</u>で<u>話</u>しました。　和朋友講了電話。

2. <u>陳</u>さんは<u>車</u>を<u>持</u>っていますか。　陳先生有車嗎？

3. <u>朝</u>、<u>薬</u>を<u>飲</u>みます。　早上會吃藥。

4. フランス<u>語</u>を<u>習</u>ったことがあります。　學過法文。

5. ピアノを<u>弾</u>いています。　正在彈鋼琴。

練習問題 4

1. でんわで　タクシーを　（　　　）ました。

　①のり　　　　　②おり　　　　　③よび　　　　　④いき

2. あには　コンピューターを　（　　　）ことが　できません。

　①みる　　　　　②なおす　　　　　③ひく　　　　　④とる

3. かぜを　（　　　）ました。

　①ふき　　　　　②ひき　　　　　③おき　　　　　④かき

4. ここで　おかねを　（　　　）ください。

　①とって　　　　②はいて　　　　　③ぬいで　　　　④はらって

5. ふうとうに　きってを　（　　　）ます。

　①はり　　　　　②かい　　　　　③だし　　　　　④うり

解答：1.③　2.②　3.②　4.④　5.①

問題解析 4

1. 電話でタクシーを呼びました。　打電話叫了計程車。

2. 兄はコンピューターを直すことができません。　哥哥沒辦法修好電腦。

3. 風邪を引きました。　感冒了。

4. ここでお金を払ってください。　請在這裡付錢。

5. 封筒に切手を貼ります。　要在信封上貼郵票。

第二類　自動詞（第二類　自動詞） 🔊 MP3-46

だい に るい　じ どう し

1 います❷ 有 ☐☐

へ や　　ねこ
部屋に　猫が　います。

房間裡有貓。

---

2 うまれます❹【生まれます】 出生 ☐☐

きのう　こ ども　　う
昨日　子供が　生まれました。

昨天小孩出生了。

---

3 おきます❸【起きます】 起床 ☐☐

まいあさ　しちじ　　お
毎朝　7時に　起きます。

每天早上七點起床。

---

4 おります❸【降ります】 下來、下車 ☐☐

お
ここで　バスを　降ります。

在這裡下公車。

---

5 きえます❸【消えます】 熄滅、消失 ☐☐

でん き　　き
電気が　消えました。

電燈熄了。

---

6 つかれます❹【疲れます】 疲勞、累 ☐☐

きょう　　　　　つか
今日は　とても　疲れました。

今天非常累了。

7 つとめます ❹ 【勤めます】 工作

兄は　Ａ会社に　勤めて　います。
あに　　エーかいしゃ　　つと

哥哥在A公司工作。

8 でかけます ❹ 【出かけます】 出去

これから　家族と　一緒に　出かけます。
　　　　　かぞく　　いっしょ　　で

接下來要和家人一起出去。

9 できます ❸ 【出来ます】 能、做好、建成

ここに　大きな　ビルが　できました。
　　　　おお

這裡蓋了一棟大的大樓。

10 でます ❷ 【出ます】 出來

ここから　水が　でます。
　　　　　みず

水從這裡出來。

11 ねます ❷ 【寝ます】 睡覺

子供は　早く　寝ましょう。
こども　　はや　　ね

小孩早點睡吧。

12 はれます ❸ 【晴れます】 放晴

朝は　雨でしたが、夜は　晴れました。
あさ　　あめ　　　　　よる　　は

早上下雨，但是晚上放晴了。

1. けさ　しちじに　おきました。

　　①走　　　　　　②起　　　　　　③歩　　　　　　④徒

2. わたしは　とうきょうで　うまれました。

　　①住　　　　　　②泊　　　　　　③往　　　　　　④生

3. バスを　降ります。

　　①お　　　　　　②ふ　　　　　　③か　　　　　　④の

4. ここから　おつりが　出ます。

　　①はい　　　　　②いり　　　　　③で　　　　　　④だ

解答：1.②　2.④　3.①　4.③

問題解析 1

1. 今朝、7時に起きました。　今天早上，七點起床了。

2. わたしは東京で生まれました。　我在東京出生。

3. バスを降ります。　下巴士。

4. ここからおつりが出ます。　零錢會從這裡出來。

練習問題 2

1. でんきが　（　　　）います。

　　①あけて　　　　②けして　　　　③しまって　　　④きえて

2. まいばん　9じに　（　　　）ます。

　　①おき　　　　　②きり　　　　　③かし　　　　　④ね

3. あには　かいしゃに　（　　　）います。

　　①はたらいて　　②つとめて　　　③つかれて　　　④すわって

4. とても　（　　　）ましたから、やすみたいです。

　　①つかい　　　　②つかれ　　　　③ならい　　　　④ね

解答：1. ④　2. ④　3. ②　4. ②

問題解析 2

1. 電気が消えています。　電燈是關著的。

2. 毎晩9時に寝ます。　每晚九點就寢。

3. 兄は会社に勤めています。　哥哥在公司上班。

4. とても疲れましたから、休みたいです。　因為非常累了，想要休息。

第二類　他動詞（第二類　他動詞）

🔊 MP3-47

1 あけます ❸ 【開けます】 打開 ☐☐

暑いですから、窓を　開けても　いいですか。

因為熱，可以把窗戶打開嗎？

- -

2 あげます ❸ 送給 ☐☐

父に　ネクタイを　あげます。

送給父親領帶。

- -

3 あびます ❸ 【浴びます】 淋浴 ☐☐

先に　シャワーを　浴びて　ください。

請先去淋浴。

- -

4 いれます ❸ 【入れます】 放入 ☐☐

コーヒーに　砂糖を　入れます。

放砂糖到咖啡裡。

- -

5 おしえます ❹ 【教えます】 教、告訴 ☐☐

大学で　日本語を　教えて　います。

在大學教日文。

- -

6 おぼえます ❹ 【覚えます】 記住 ☐☐

1日で　単語を　10　覚えます。

一天記住十個單字。

7 かけます❸ 戴（眼鏡） ☐☐

陳さんは　めがねを　<u>かけて</u>　います。

陳小姐戴著眼鏡。

8 かけます❸ 打（電話） ☐☐

陳さんは　今　電話を　<u>かけて</u>　います。

陳小姐現在正在打電話。

9 かります❸【借ります】 借 ☐☐

図書館で　本を　3冊　<u>借りました</u>。

在圖書館借了三本書。

10 かんがえます❺【考えます】 考慮、思考 ☐☐

この　問題は　難しいですから、よく　<u>考えて</u>　ください。

因為這個問題很難，請好好想一下。

11 きます❷【着ます】 穿 ☐☐

スーツを　<u>着て</u>　いる　人は　父です。

穿著西裝的人是爸爸。

12 きめます❸【決めます】 決定 ☐☐

旅行の　場所を　<u>決めましょう</u>。

來決定旅行的地點吧。

13 しめます❸【閉めます】 關閉 ☐☐

窓を　<u>閉めても</u>　いいですか。

可以關窗戶嗎？

14 しらべます ❹ 【調べます】 調査　　　□□

辞書で　単語を　調べます。

用字典查單字。

🔊 MP3-48

15 たべます ❸ 【食べます】 吃　　　□□

今日は　ラーメンが　食べたいです。

今天想吃拉麵。

16 つけます ❸　做出……動作　　　□□

ここに　丸を　つけて　ください。

請在這裡劃圈。

17 つけます ❸　打開　　　□□

暗いですから、電気を　つけましょうか。

因為很暗，要打開電燈嗎？

18 とめます ❸ 【止めます】 停止　　　□□

ここに　車を　止めて　ください。

請在這裡停車。

19 ならべます ❹ 【並べます】 並排　　　□□

玄関の　靴を　きれいに　並べます。

將玄關的鞋子整齊排列。

20 ぬぎます ❸ 【脱ぎます】 脱掉　　　□□

ここで　靴を　脱いで　ください。

請在這裡脱鞋子。

21 はじめます ❹【始めます】 開始 □□

そろそろ　始めましょうか。

差不多要開始了吧。

22 まちがえます ❸【間違えます】 錯、弄錯 □□

ここ、間違えて　いますよ。

這裡弄錯了喔。

23 みます ❹【見ます】 看 □□

映画を　見に　行きませんか。

要去看電影嗎？

24 みせます ❸【見せます】 讓……看 □□

パスポートを　見せて　ください。

請讓我看護照。

25 むかえます ❹【迎えます】 迎接 □□

学校へ　子供を　迎えに　行きます。

去學校接小孩。

26 やめます ❸【止めます】 停止 □□

たばこを　止めました。

戒菸了。

27 わすれます ❹【忘れます】 忘記 □□

陳さんの　電話番号を　忘れました。

忘記陳小姐的電話號碼了。

1. あかい　セーターを　きています。
   ①着　　　　　　②看　　　　　　③脱　　　　　　④飾

2. あさごはんは　たべません。
   ①良　　　　　　②食　　　　　　③長　　　　　　④広

3. いえの　なかに　ねこを　入れます
   ①わす　　　　　②か　　　　　　③い　　　　　　④はい

4. かんじを　10　覚えました。
   ①よみ　　　　　②おぼ　　　　　③かき　　　　　④まちが

5. じゅぎょうを　始めましょう。
   ①つとめ　　　　②き　　　　　　③はじ　　　　　④し

解答：1.①　2.②　3.③　4.②　5.③

問題解析 1

1. 赤いセーターを着ています。　穿著紅色的毛衣。

2. 朝ご飯は食べません。　不吃早餐。

3. 家の中に猫を入れます。　把貓放進家裡。

4. 漢字を10覚えました。　記住十個漢字了。

5. 授業を始めましょう。　開始上課吧。

1. シャワーを　（　　　）ます。

　　①あび　　　　　②はいり　　　　③いれ　　　　④かけ

2. じしょで　わからない　かんじを　（　　　）ます。

　　①かり　　　　　②しらべ　　　　③かき　　　　④よみ

3. そこに　くるまを　（　　　）ください。

　　①かして　　　　②かって　　　　③とめて　　　　④とまって

4. きょうしつに　じしょを　（　　　）ました。

　　①かり　　　　　②わすれ　　　　③かし　　　　④つかい

5. こどもを　（　　　）に　いきます。

　　①むかえ　　　　②あそび　　　　③ならい　　　　④べんきょうし

......

解答：1.①　2.②　3.③　4.②　5.①

1. シャワーを浴びます。　淋浴。

2. 辞書で分からない漢字を調べます。　用字典査不懂的漢字。

3. そこに車を止めてください。　請把車停在那裡。

4. 教室に辞書を忘れました。　把課本忘在教室了。

5. 子供を迎えに行きます。　要去接小孩。

1-2-5 第三類　自動詞（第三類　自動詞） 🔊 MP3-49

1 きます❷【来ます】 来　☐☐

今日の　パーティーに　来ますか。

會來今天的派對嗎？

----

2 けっこんします❻【結婚します】 結婚　☐☐

来月　結婚します。

下個月要結婚。

----

3 さんぽします❺【散歩します】 散步　☐☐

公園を　散歩します。

在公園散步。

----

4 りょこうします❺【旅行します】 旅行　☐☐

去年の　夏休み、友達と　一緒に　旅行しました。

去年的暑假，和朋友一起去旅行了。

----

5 ざんぎょうします❻【残業します】 加班　☐☐

今日は　残業しなくても　いいです。

今天不加班也可以。

----

6 しゅっちょうします❻【出張します】 出差　☐☐

来週　出張しなければ　なりません。

下星期不出差不行。

練習問題

1. ちんさんは　がっこうへ　きませんでした。

　①行　　　　　　②来　　　　　　③未　　　　　　④待

2. まいにち　こうえんを　散歩します。

　①さんぷ　　　　②さんぼ　　　　③さんぽ　　　　④さんぶ

3. かいしゃで　まいにち　8じまで　（　　　）しなければ　なりません。

　①けっこん　　　②ざんぎょう　　③さんぽ　　　　④りょこう

4. あしたから　とうきょうへ　（　　　）に　行きます。

　①しゅっちょう　②ざんぎょう　　③さんぽ　　　　④けっこん

解答：1.②　2.③　3.②　4.①

問題解析

1. 陳さんは学校へ来ませんでした。　陳同學沒有來學校。

2. 毎日公園を散歩します。　每天都會在公園散步。

3. 会社で毎日8時まで残業しなければなりません。

　　每天都必須在公司加班到八點。

4. 明日から東京へ出張に行きます。

　　明天開始要去東京出差。

第三類　他動詞（第三類　他動詞） ◀)) MP3-50

1 かいものします❻【買い物します】　買東西 ☐☐

たいてい　日曜日　買い物します。

通常星期日去買東西。

---

2 コピーします❶　拷貝、複製 ☐☐

この　資料を　コピーして　ください。

請影印這個資料。

---

3 します❷　做 ☐☐

夏休みは　何を　しますか。

暑假要做什麼呢？

---

4 せんたくします❺【洗濯します】　洗衣服 ☐☐

この　シャツを　洗濯して　ください。

請洗這件襯衫。

---

5 そうじします❺【掃除します】　打掃 ☐☐

部屋が　汚いですから、掃除して　ください。

因為房間很髒，請打掃。

---

6 でんわします❺【電話します】　打電話 ☐☐

毎日　彼女に　電話（を）　します。

每天打電話給女朋友。

7 りょうりします❶【料理します】 做菜 □ □

父は　よく　<ruby>料理<rt>りょうり</rt></ruby>（を）　します。

爸爸經常做菜。

- -

8 しょくじします❺【食事します】 吃飯 □ □

<ruby>今晩<rt>こんばん</rt></ruby>　<ruby>一緒<rt>いっしょ</rt></ruby>に　<ruby>食事<rt>しょくじ</rt></ruby>しませんか。

今天晚上要一起吃飯嗎？

- -

9 しんぱいします❻【心配します】 擔心 □ □

<ruby>試験<rt>しけん</rt></ruby>の　<ruby>結果<rt>けっか</rt></ruby>を　<ruby>心配<rt>しんぱい</rt></ruby>して　います。

擔心考試的結果。

- -

10 べんきょうします❻【勉強します】 讀書 □ □

<ruby>毎晩<rt>まいばん</rt></ruby>　**7**<ruby>時<rt>しちじ</rt></ruby>から　**9**<ruby>時<rt>くじ</rt></ruby>まで　<ruby>勉強<rt>べんきょう</rt></ruby>します。

每天晚上七點到九點讀書。

- -

11 けんきゅうします❻【研究します】 研究 □ □

<ruby>兄<rt>あに</rt></ruby>は　<ruby>日本<rt>にほん</rt></ruby>の　<ruby>大学<rt>だいがく</rt></ruby>で　<ruby>日本<rt>にほん</rt></ruby><ruby>文学<rt>ぶんがく</rt></ruby>を　<ruby>研究<rt>けんきゅう</rt></ruby>して　います。

哥哥現在在日本的大學研究日本文學。

練習問題

1. だいじょうぶですから、心配しないで　ください。

　①しんばい　　　②しんぼい　　　③しんぱい　　　④しんぽい

2. ときどき　料理（を）　します。

　①りゅうり　　　②りょおり　　　③りょうり　　　④りゃおり

3. すみませんが、これを　（　　　）して　ください。

　　①コビー　　　　②ビール　　　　③コピー　　　　④コーヒー

4. まいにち　へやを　（　　　）します。

　　①でんわ　　　　②せんたく　　　　③けんきゅう　　　④そうじ

5. ともだちに　（　　　）します。

　　①べんきょう　　②しんぱい　　　③でんわ　　　　④しょくじ

....

解答：1.③　2.③　3.③　4.④　5.③

問題解析

1. 大丈夫（だいじょうぶ）ですから、心配（しんぱい）しないでください。　不要緊的，所以請不用擔心。

2. ときどき料理（りょうり）（を）します。　有時候會做菜。

3. すみませんが、これをコピーしてください。　不好意思，請影印這個。

4. 毎日（まいにち）部屋（へや）を掃除（そうじ）します。　每天都會打掃房間。

5. 友達（ともだち）に電話（でんわ）します。　打電話給朋友。

1-2-7 総合練習（總複習）

問題 1

1. まいにち　ほんを　読みます。
　①か　　　　　　②の　　　　　　③よ　　　　　　④す

2. きのう　かみを　切りました。
　①た　　　　　　②き　　　　　　③と　　　　　　④か

3. そとに　ひとが　集まって　います。
　①と　　　　　　②しゅう　　　　③あつ　　　　　④き

4. ここに　座っても　いいですか。
　①すわ　　　　　②ま　　　　　　③た　　　　　　④い

5. やまに　登りに　いきたいです。
　①あが　　　　　②さが　　　　　③とう　　　　　④のぼ

6. はしを　渡ります。
　①つか　　　　　②わた　　　　　③たべ　　　　　④おわ

7. ここで　バスを　降りましょう。
　①お　　　　　　②の　　　　　　③か　　　　　　④た

8. ここに　かばんを　置きます。
　①か　　　　　　②い　　　　　　③つ　　　　　　④お

9. この　じしょを　使っても　いいですか。
　①つく　　　　　②つか　　　　　③つけ　　　　　④し

10. くるまを　にだい　持って　います。

　　　①ま　　　　　　②い　　　　　　③も　　　　　　④は

解答：1.③　2.②　3.③　4.①　5.④　6.②　7.①　8.④　9.②　10.③

問題解析 1

1. 毎日本を読みます。　每天都會讀書。

2. 昨日髪を切りました。　昨天剪頭髮了。

3. 外に人が集まっています。　外面人們正聚集著。

4. ここに座ってもいいですか。　可以坐在這裡嗎？

5. 山に登りに行きたいです。　想要去爬山。

6. 橋を渡ります。　過橋。

7. ここでバスを降りましょう。　在這裡下巴士吧！

8. ここにかばんを置きます。　包包放在這裡。

9. この辞書を使ってもいいですか。　可以使用這個字典嗎？

10. 車を2台持っています。　擁有二台車。

問題 2

1. せんせいの　はなしを　ききます。
   ①聞　　　　②間　　　　③関　　　　④開

2. そこに　たたないで　ください。
   ①停　　　　②遊　　　　③立　　　　④止

3. げんきんで　はらいます。
   ①投　　　　②打　　　　③払　　　　④拾

4. ここで　バスに　のります。
   ①換　　　　②乗　　　　③降　　　　④行

5. ちんさんの　でんわばんごうを　おぼえて　いますか。
   ①憶　　　　②記　　　　③暗　　　　④覚

6. ラーメンが　たべたいです。
   ①会　　　　②食　　　　③飯　　　　④飲

7. まいあさ　はしって　います。
   ①歩　　　　②渉　　　　③走　　　　④起

8. うみへ　およぎに　いきませんか。
   ①氷　　　　②水　　　　③永　　　　④泳

9. あねは　デパートで　はたらいて　います。
   ①動　　　　②働　　　　③工　　　　④作

10. この　スーパーで　ワインを　<u>うって</u>　います。

　　①商　　　　　②販　　　　　③売　　　　　④買

解答：1. ①　2. ③　3. ③　4. ②　5. ④　6. ②　7. ③　8. ④　9. ②　10. ③

1. 先生の話を<u>聞</u>きます。　聽老師的話。

2. そこに<u>立</u>たないでください。　請不要站在那裡。

3. 現金で<u>払</u>います。　現金支付。

4. ここでバスに<u>乗</u>ります。　在這裡搭公車。

5. 陳さんの電話番号を<u>覚</u>えていますか。　還記得陳先生的電話號碼嗎？

6. ラーメンが<u>食</u>べたいです。　想要吃拉麵。

7. 毎朝<u>走</u>っています。　每天早上都有跑步。

8. 海へ<u>泳</u>ぎに行きませんか。　要不要去海邊游泳呢？

9. 姉はデパートで<u>働</u>いています。　姊姊在百貨公司工作。

10. このスーパーでワインを<u>売</u>っています。　在這個超市有賣酒。

練習問題 3

1. ぼうしを　（　　　）いる　ひとは　わたしの　ははです。
　　①きて　　　　　②はいて　　　　③かけて　　　　④かぶって

2. わたしは　ちちの　たんじょうびに　ネクタイを　（　　　）。
　　①もらいました　②しけました　　③しました　　　④あげました

3. さむいですから、まどを　（　　　）ください。
　　①あけて　　　　②しめて　　　　③けして　　　　④つけて

4. ここで　しゃしんを　（　　　）ても　いいですか。
　　①とっ　　　　　②かっ　　　　　③とり　　　　　④かり

5. ダンスを　（　　　）たいです。
　　①なくし　　　　②なおし　　　　③ならい　　　　④ならべ

6. さいふを　（　　　）ましたから、おかねが　ありません。
　　①なくし　　　　②なおり　　　　③こまり　　　　④いれ

7. じかんが　ありませんから、（　　　）なければ　なりません。
　　①つかれ　　　　②わから　　　　③かから　　　　④いそが

8. シャワーを　（　　　）。
　　①いれます　　　②あそびます　　③あびます　　　④はいります

9. まいにち　かぞくに　でんわを　（　　　）。
　　①かかります　　②かけます　　　③かします　　　④かります

10. すみません、しおを　（　　　）ください。

　　　①おきて　　　　②とまって　　　　③とって　　　　④おりて

解答：1.④　2.④　3.②　4.①　5.③　6.①　7.④　8.③　9.②　10.③

問題解析 3

1. 帽子をかぶっている人は私の母です。　帶著帽子的人是我媽媽。

2. わたしは父の誕生日にネクタイをあげました。

　　我在爸爸的生日時送了領帶。

3. 寒いですから、窓を閉めてください。　因為很冷，所以請把窗戶關起來。

4. ここで写真を撮ってもいいですか。　可以在這裡拍照嗎？

5. ダンスを習いたいです。　想要學跳舞。

6. 財布を失くしましたから、お金がありません。

　　因為弄丟了錢包，沒有錢。

7. 時間がありませんから、急がなければなりません。

　　因為沒有時間，必須快一點。

8. シャワーを浴びます。　淋浴。

9. 毎日家族に電話をかけます。　每天都會打電話給家人。

10. すみません、塩を取ってください。　不好意思，請幫我拿鹽。

1-3 形容詞（形容詞）

1-3-1 い形容詞（い形容詞）

A：色（顔色） 🔊 MP3-51

1 あおい ❷【青い】 藍的 ☐☐

あの　青い　車は　誰の　ですか。

那個藍色的車是誰的呢？

2 あかい ❶【赤い】 紅的 ☐☐

この　赤い　かばんを　ください。

請給我這個紅色包包。

3 きいろい ❶【黄色い】 黃的 ☐☐

あの　黄色い　傘を　ください。

請給我那把黃色的傘。

4 くろい ❷【黒い】 黑的 ☐☐

黒い　スーツを　買いたいです。

想買黑色的西裝。

5 しろい ❷【白い】 白的 ☐☐

わたしの　猫は　白いです。　我的貓是白色的。

注意：若把上面表示顏色的い形容詞最後的「い」去掉的話，い形容詞就
　　　會變成名詞。
　　　例：「あおい」（藍色的）＝い形容詞
　　　　　「あお」（藍色）＝名詞

171

1 あたたかい ❹ 【暖かい】 溫暖的 ☐☐

東京は　北海道より　暖かいです。
とうきょう　ほっかいどう　あたた

東京比北海道溫暖。

↔ **11** すずしい ❸ 【涼しい】 涼爽的

---

2 あつい ❷ 【暑い】 炎熱的 ☐☐

今日は　暑いです。
きょう　あつ

今天很熱。

↔ **10** さむい ❷ 【寒い】 寒冷的

注意：「暑い」（炎熱的）、「熱い」（燙的）、「厚い」（厚的）雖然
あつ　　　　　　　あつ　　　　　　　あつ
　　　　都唸「あつい」，意思卻各不相同。因此，反義詞自然也不同，分
　　　　別是「寒い」（寒冷的）、「冷たい」（冰涼的）、「薄い」（薄
さむ　　　　　　　つめ　　　　　　　　うす
　　　　的）。尤其是「熱い」和「暑い」容易搞混，所以要小心。
あつ　　　あつ
　　　　「熱い」是物體或液體的溫度非常高的意思，是手腳直接接觸的感
あつ
　　　　覺；「暑い」是指氣溫非常高，身體感受到的感覺。
あつ

---

3 あつい ❷ 【熱い】 燙的 ☐☐

この　コーヒーは　熱いです。
あつ

這個咖啡很燙。

↔ **14** つめたい ❹ 【冷たい】 冰涼的

注意：參考 **2**「暑い」（炎熱的）的注意。
あつ

---

4 あまい ❹ 【甘い】 甜的 ☐☐

この　チョコレートは　とても　甘いです。
あま

這個巧克力非常甜。

5 いたい ❷ 【痛い】 痛的

今日は　朝から　頭が　痛いです。

今天從早上頭就很痛。

6 おもしろい ❹ 【面白い】 有趣的

アルバイトは　面白いです。

打工很有趣。

↔ **13** つまらない ❸ 【詰まらない】 無聊的

7 からい ❷ 【辛い】 辣的

この　カレーは　とても　辛いです。

這個咖哩非常辣。

8 おいしい ❶ 【美味しい】 美味的

ここの　レストランは　とても　おいしいですよ。

這家餐廳非常好吃喔。

↔ **15** まずい ❷ 【不味い】 難吃的

9 こわい ❷ 【怖い】 可怕的、恐怖的

あの　先生は　怖いです。

那位老師很恐怖。

10 さむい ❷ 【寒い】 寒冷的

北海道の　冬は　とても　寒いです。

北海道的冬天非常冷。

↔ **2** あつい ❷ 【暑い】 炎熱的

注意：請參考 **2**「暑い」（炎熱的）的注意。「寒い」（寒冷的）是指氣溫非常低導致的感覺，「冷たい」（冰涼的）則是物體或液體的溫度非常低的感受。

173

11 すずしい ❸ 【涼しい】 涼爽的 □□

今日は 少し 涼しいですね。
(きょう) (すこ) (すず)

今天有一點涼呢。

⇔ **1** あたたかい ❹ 【暖かい】 溫暖的

....

12 たのしい ❸ 【楽しい】 快樂的 □□

日本語の 勉強は 楽しいです。
(にほん ご) (べんきょう) (たの)

學日文很快樂。

⇔ **13** つまらない ❸ 【詰まらない】 無聊的

注意：**13**「詰まらない」（無聊的）是 **6**「面白い」（有趣的）和 **12**
(つ) (おもしろ)
　　　「楽しい」（快樂的）的反義詞。
(たの)

....

13 つまらない ❸ 【詰まらない】 無聊的 □□

この 映画は とても つまらないです。
(えい が)

這部電影非常無聊。

⇔ **6** おもしろい ❹ 【面白い】 有趣的
　　12 たのしい ❸ 【楽しい】 快樂的

....

14 つめたい ❶ 【冷たい】 冰涼的 □□

冷たい ジュースが 飲みたいです。
(つめ) (の)

想喝冰涼的果汁。

⇔ **3** あつい ❷ 【熱い】 燙的

注意：參考 **2**「暑い」（炎熱的）、**10**「寒い」（寒冷的）的注意。
(あつ) (さむ)

....

15 まずい ❷ 【不味い】 難吃的 □□

父が 作った 料理は まずいです。
(ちち) (つく) (りょう り)

爸爸做的料理很難吃。

⇔ **8** おいしい ❶ 【美味しい】 美味的

174

練習問題 1

1. きょうは　とても　<u>あつ</u>いです。

　①熱　　　　　　②暑　　　　　　③厚　　　　　④夏

2. この　カレーは　とても　<u>から</u>いです。

　①辛　　　　　　②幸　　　　　　③辛　　　　　④辜

3. この　ジュースは　<u>つめ</u>たくて、おいしいです。

　①冷　　　　　　②寒　　　　　　③涼　　　　　④凍

4. にほんごの　じゅぎょうは　<u>たの</u>しいです。

　①楽　　　　　　②悲　　　　　　③喜　　　　　④嬉

5. この　えいがは　<u>こわ</u>いです。

　①怖　　　　　　②布　　　　　　③希　　　　　④柿

解答：1. ②　2. ①　3. ①　4. ①　5. ①

問題解析 1

1. 今日はとても<ruby>暑<rt>あつ</rt></ruby>いです。　今天非常熱。

2. このカレーはとても<ruby>辛<rt>から</rt></ruby>いです。　這個咖哩非常辣。

3. このジュースは<ruby>冷<rt>つめ</rt></ruby>たくて、おいしいです。　這個果汁又冰涼又好喝。

4. <ruby>日本語<rt>にほんご</rt></ruby>の<ruby>授業<rt>じゅぎょう</rt></ruby>は<ruby>楽<rt>たの</rt></ruby>しいです。　日文課很開心。

5. この<ruby>映画<rt>えいが</rt></ruby>は<ruby>怖<rt>こわ</rt></ruby>いです。　這部電影很恐怖。

1. この　せんせいは　ハンサムで、（　　　）です。
　　①おもしろい　　　②こわい　　　　③あまい　　　　④つまらない

2. ちちは　りょうりが　へたですから、ちちの　りょうりは
　　（　　　）です。
　　①おいしい　　　②からい　　　③あまい　　　④まずい

3. きのうの　コンサートは　（　　　）です。
　　①あつかった　　②たのしかった　③いたかった　④こわかった

4. さとうを　たくさん　いれましたから、コーヒーは　とても
　　（　　　）なりました。
　　①からく　　　　②あまく　　　③あつく　　　④つめたく

5. さいきん　さむいですから、（　　　）　コートを　かいたいです。
　　①おもしろい　　②すずしい　　③あたらしい　④つめたい

6. かれの　はなしは　いつも　ながくて、（　　　）ですから、ねむく
　　なります。
　　①おもしろい　　②たのしい　　③こわい　　　④つまらない

解答：1.①　2.④　3.②　4.②　5.③　6.④

問題解析 2

1. この先生はハンサムで面白いです。　這位老師既英俊又有趣。

2. 父は料理が下手ですから、父の料理はまずいです。

   因為爸爸不擅長做飯，所以爸爸的料理很難吃。

3. 昨日のコンサートは楽しかったです。　昨天的演唱會很開心。

4. 砂糖をたくさん入れましたから、コーヒーはとても甘くなりました。

   因為加了很多糖，咖啡變得非常甜。

5. 最近寒いですから、新しいコートを買いたいです。

   因為最近很冷，想買新的外套。

6. 彼の話はいつも長くて、つまらないですから、眠くなります。

   因為他的話總是又長又無聊，令人變得想睡覺。

1 あつい【厚い】 厚的 ☐☐

この 厚い 辞書は 先生のです。

那本厚的字典是老師的。

↔ **2** うすい ⓪【薄い】 薄的

注意：參考「B：感覺、感情」的 **2**「暑い」的注意。

---

2 うすい ⓪【薄い】 薄的 ☐☐

この 本は 薄くて、軽いです。

這本書很薄很輕。

↔ **1** あつい ⓪【厚い】 厚的

---

3 おおきい ❸【大きい】 大的 ☐☐

わたしの 家は 大きいです。

我家很大。

↔ **9** ちいさい ❸【小さい】 小的

---

4 おもい ⓪【重い】 重的 ☐☐

この コンピューターは 重いです。

這台電腦很重。

↔ **5** かるい ⓪【軽い】 輕的

---

5 かるい ⓪【軽い】 輕的 ☐☐

この ケータイは 軽いです。

這個手機很輕。

↔ **4** おもい ⓪【重い】 重的

6 こまかい ❸ 【細かい】 小、細小 ☐ ☐

<u>細かい</u> お金が ありますか。
(こま)　　　(かね)

有零錢嗎？

---

7 せまい ❷ 【狭い】 狹窄的 ☐ ☐

この 部屋は <u>狭い</u>です。
　　(へ や)　(せま)

這間房間很窄。

↔ **14** ひろい ⓪ 【広い】 寬廣的

---

8 たかい ❷ 【高い】 高的 ☐ ☐

台北１０１は とても <u>高い</u> 建物です。
(たいぺいいちまるいち)　　　　(たか)　(たてもの)

臺北101是非常高的建築物。

↔ **13** ひくい ❷ 【低い】 低的、矮的

注意：「高い」有「高的」跟「貴的」兩種意思，「高い」（高的）的反
　　　(たか)　　　　　　　　　　　　　　　　　　　(たか)
　　　義是「低い」（低的、矮的）；「高い」（貴的）的反義是「安
　　　　　　(ひく)　　　　　　　　　(たか)　　　　　　　　　　　(やす)
　　　い」（便宜的）。

---

9 ちいさい ❸ 【小さい】 小的 ☐ ☐

この くつは 少し <u>小さい</u>です。
　　　　　　(すこ)　(ちい)

這雙鞋有一點小。

↔ **3** おおきい ❸ 【大きい】 大的

---

10 ちかい ❷ 【近い】 近的 ☐ ☐

わたしの 家は 駅に <u>近い</u>です。
　　　　(いえ)　(えき)　(ちか)

我家離車站很近。

↔ **11** とおい ⓪ 【遠い】 遠的

11 とおい **0** 【遠い】 遠的 ☐ ☐

ここから 学校^{がっこう}まで 遠^{とお}いですよ。

從這裡到學校很遠喔。

↔ **10** ちかい **2** 【近い】 近的

---

12 ながい **2** 【長い】 長的 ☐ ☐

わたしの 母^{はは}は 髪^{かみ}が 長^{なが}いです。

我的媽媽是長頭髮。

↔ **18** みじかい **3** 【短い】 短的

---

13 ひくい **2** 【低い】 低的、矮的 ☐ ☐

わたしの 彼^{かれ}は 背^せが 低^{ひく}いです。

我的男朋友身高很矮。

↔ **8** たかい **2** 【高い】 高的

---

14 ひろい **0** 【広い】 寬廣的 ☐ ☐

広^{ひろ}い 家^{いえ}が ほしいです。

想要個寬敞的家。

↔ **7** せまい **2** 【狭い】 狹窄的

---

15 ふとい **2** 【太い】 粗的 ☐ ☐

ここは 太^{ふと}い ペンで 書^かいて ください。

這裡請用粗的筆寫。

↔ **16** ほそい **2** 【細い】 細的

16 ほそい ❷ 【細い】 細的

陳さんは　足が　細いです。

陳先生腳很細。

↔ 15 ふとい ❷ 【太い】 粗的

17 まるい ❶ 【丸い】 圓的

あの　丸い　かばんを　見せて　ください。

請給我看那個圓的包包。

18 みじかい ❸ 【短い】 短的

わたしの　母は　髪が　短いです。

我的媽媽是短頭髮。

↔ 12 ながい ❷ 【長い】 長的

練習問題 1

1. この　ペンは　ふといです。

　　①太　　　　　　②犬　　　　　　③大　　　　　　④木

2. わたしの　へやは　せまいです。

　　①狹　　　　　　②鋏　　　　　　③峽　　　　　　④俠

3. この　ほんは　たかいですが、うすいです。

　　①薄　　　　　　②專　　　　　　③縛　　　　　　④博

4. その　丸い　かばんを　ください。

　　①かるい　　　　②ちいさい　　　③まるい　　　　④おおきい

5. この　どうぶつは　あしが　<u>短</u>いです。

　　①みじかい　　　　②ながい　　　　③ひくい　　　　④ひろい

解答：1. ①　2. ①　3. ①　4. ③　5. ①

問題解析 1

1. このペンは<u>太</u>いです。　這枝筆是粗的。

2. わたしの部屋は<u>狭</u>いです。　我的房間是狹窄的。

3. この本は高いですが、<u>薄</u>いです。　這本書很貴但很薄。

4. その<u>丸</u>いかばんをください。　請給我那個圓的包包。

5. この動物は足が<u>短</u>いです。　這隻動物的腳是短的。

練習問題 2

1. この　かばんは　とても　（　　　）です。

　　①せまい　　　　②ひくい　　　　③こまかい　　　　④かるい

2. その　じしょは　とても　（　　　）です。

　　①ながい　　　　②あつい　　　　③みじかい　　　　④ふとい

3. 陳さんは　あしが　（　　　）です。

　　①ひくい　　　　②こまかい　　　　③ひろい　　　　④みじかい

4. わたしの　いえは　えきに　（　　　）です。

　　①みじかい　　　　②ながい　　　　③ちかい　　　　④ふとい

5. おとうとは　せが　（　　　　）です。

　　①ひくい　　　　　②こまかい　　　③みじかい　　　④かるい

....

解答：1.④　2.②　3.④　4.③　5.①

【問題解析 2】

1. このかばんはとても<ruby>軽<rt>かる</rt></ruby>いです。　這個包包非常輕。

2. その<ruby>辞書<rt>じ しょ</rt></ruby>はとても<ruby>厚<rt>あつ</rt></ruby>いです。　那個字典非常厚。

3. <ruby>陳<rt>ちん</rt></ruby>さんは<ruby>足<rt>あし</rt></ruby>が<ruby>短<rt>みじか</rt></ruby>いです。　陳先生的腿是短的。

4. わたしの<ruby>家<rt>いえ</rt></ruby>は<ruby>駅<rt>えき</rt></ruby>に<ruby>近<rt>ちか</rt></ruby>いです。　我家離車站很近。

5. <ruby>弟<rt>おとうと</rt></ruby>は<ruby>背<rt>せ</rt></ruby>が<ruby>低<rt>ひく</rt></ruby>いです。　弟弟是矮的。

D：状態（狀態）

🔊 MP3-54

1 あかるい ❶ ❸ 【明るい】 明亮的 ☐☐

この 部屋は とても 明るいです。

這間房間非常明亮。

↔ ⑩ くらい ❶ 【暗い】 暗的

2 あたらしい ❹ 【新しい】 新的 ☐☐

これは 新しい 時計です。

這是新的時鐘。

↔ ⑮ ふるい ❷ 【古い】 舊的

3 あぶない ❶ ❸ 【危ない】 危険的 ☐☐

ここは とても 危ないですから、入っては いけません。

因為這邊非常危險，所以不能進入。

↔ ❶ あんぜん（な） ❶ 【安全（な）】 安全（1-3-2 な形容詞）

4 いい ❶ 好的 ☐☐

陳さんは いい 人ですね。

陳先生是好人呢。

↔ ㉑ わるい ❷ 【悪い】 不好的

注意：「いい」的「現在否定形」是「よくない」（不好的）。「過去肯
定形」是「よかった」（過去很好）。「過去否定形」是「よくな
かった」（過去不好）。這些變化比較特別，要特別注意。

5 いそがしい ❹ 【忙しい】 忙碌的 ☐☐

仕事が 忙しいですから、休みが ほしいです。

因為工作很忙，想休假。

↔ ⑭ ひま（な） ❶ 【暇（な）】 空閒（1-3-2 な形容詞）

6 おおい ❶ 【多い】 多的 □□

今日の 宿題は 多いです。
<small>きょう</small> <small>しゅくだい</small> <small>おお</small>

今天的作業很多。

---

7 おそい ❶ ❷ 【遅い】 ①慢的 ②晚的 □□

バスは 電車より 遅いです。
<small>でんしゃ</small> <small>おそ</small>

公車比電車慢。

↔ **13** はやい ❷ 【早い】 早的
14 はやい ❷ 【速い】 快的

---

8 かわいい ❸ 【可愛い】 可愛的 □□

この 犬、かわいいですね。
<small>いぬ</small>

這隻狗很可愛呢。

---

9 きたない ❸ 【汚い】 髒的 □□

彼の くつは とても 汚いです。
<small>かれ</small> <small>きたな</small>

他的鞋子非常髒。

↔ **5** きれい（な）❶ 【綺麗（な）】 乾淨（1-3-2 な形容詞）

---

10 くらい ❶ 【暗い】 暗的 □□

この 道は 夜 とても 暗いです。
<small>みち</small> <small>よる</small> <small>くら</small>

這條路晚上非常暗。

↔ **1** あかるい ❶ ❸ 【明るい】 明亮的

---

11 たかい ❷ 【高い】 貴的 □□

ここの 寿司は 高いですが、とても おいしいです。
<small>すし</small> <small>たか</small>

這裡的壽司很貴，但是非常好吃。

↔ **18** やすい ❷ 【安い】 便宜的

注意：「高い」根據前後文不同，翻譯出來的意思也不盡相同，反義詞也不同，像是「高い」（高的）的反義詞是「低い」（低的、矮的）；「高い」（貴的）的反義詞是「安い」（便宜的）。

12 つよい❷【強い】 強的　☐☐

今日は　風が　とても　強いですね。

今天風非常強呢。

↔**19** よわい❷【弱い】 弱小的、虛弱的

13 はやい❷【早い】 早的　☐☐

いつも　早く　起きます。

總是很早起床。

↔**7** おそい❶❷【遅い】 晚的

注意：「早い」（早的）和「速い」（快的）的差別要注意，「早い」是指在基準的時間前完成事情，「速い」則是指完成動作所需的時間很短，但反義都是「遅い」（晚的、慢的）。

14 はやい❷【速い】 快的　☐☐

新幹線は　電車より　速いです。

新幹線比電車快。

↔**7** おそい❶❷【遅い】 慢的

注意：參考**13**「早い」（早的）的注意。

15 ふるい❷【古い】 舊的　☐☐

この　時計は　とても　古いです。

這個時鐘非常古老。

↔**2** あたらしい❹【新しい】 新的

16 むずかしい ❶ ❹ 【難しい】 困難的 ☐ ☐

この 問題は 難しいです。
<small>もんだい</small> <small>むずか</small>

這個問題很難。

⟷ **17** やさしい ❶ ❸ 簡單的

3 かんたん（な）❶ 【簡單（な）】 簡單（1-3-2 な 形容詞）

注意：「難しい」的反義有 **17**「やさしい」（容易的）、「簡單（な）」
（簡單）兩種，「やさしい」是い形容詞，「簡單」是な形容詞。

---

17 やさしい ❶ ❸ 【優しい】 ①溫柔的 ②簡單的 ☐ ☐

日本語の 先生は やさしいです。
<small>にほん ご</small> <small>せんせい</small>

日文老師很溫柔。

この 問題は やさしいです。
<small>もんだい</small>

這個問題很簡單。

⟷ **16** むずかしい ❶ ❹ 【難しい】 困難的

＝ **3** かんたん（な）❶ 【簡單（な）】 簡單（1-3-2 な 形容詞）

注意：「やさしい」雖然有「溫柔的」和「簡單的」兩種意思，但只有作
為「簡單的」的意思時反義詞是「難しい」（困難的）。

---

18 やすい ❷ 【安い】 便宜的 ☐ ☐

最近 飛行機の チケットは 安いです。
<small>さいきん</small> <small>ひ こう き</small> <small>やす</small>

最近機票很便宜。

⟷ **11** たかい ❷ 【高い】 貴的

---

19 よわい ❷ 【弱い】 弱小的、虛弱的 ☐ ☐

母は 体が 弱いです。
<small>はは</small> <small>からだ</small> <small>よわ</small>

媽媽的身體很虛弱。

⟷ **12** つよい ❷ 【強い】 強的

20 わかい ❷ 【若い】 年輕的　　　　　　　　　　　□□

あの　<u>若い</u>　女の　人は、林先生ですよ。

那個年輕的女人是林老師喔。

21 わるい ❷ 【悪い】 不好的　　　　　　　　　　　□□

天気が　<u>悪く</u>　なりました。

天氣變不好了。

↔ **4** いい ❶ 好的

練習問題 1

1. がっこうの　トイレは　<u>汚い</u>です。

　①きたない　　　②くらい　　　③あかるい　　　④ひくい

2. きょうは　とても　<u>忙しい</u>です。

　①あかるい　　　②いそがしい　　③むずかしい　　④あたらしい

3. そとは　かぜが　<u>強い</u>です。

　①よわい　　　②わるい　　　③はやい　　　④つよい

4. せんせいは　<u>優しい</u>　ひとです。

　①やさしい　　　②むずかしい　　③いそがしい　　④あたらしい

5. あしたは　あさ　<u>早く</u>　がっこうへ　いきます。

　①わかく　　　②はやく　　　③おそく　　　④つよく

解答：1.①　2.②　3.④　4.①　5.②

188

問題解析 1

1. 学校のトイレは汚いです。　學校的廁所是髒的。

2. 今日はとても忙しいです。　今天非常忙。

3. 外は風が強いです。　外面風很強。

4. 先生は優しい人です。　老師是溫柔的人。

5. 明日は朝早く学校へ行きます。　明天早上要早點去學校。

練習問題 2

1. この　時計は　（　　　）て、きれいです。
　　①つよく　　　　②はやく　　　　③あかるく　　　④あたらしく

2. もう　ろくじですから、そとは　（　　　）です。
　　①おそい　　　　②よわい　　　　③くろい　　　　④くらい

3. この　みせの　ものは　（　　　）です。
　　①よわい　　　　②やすい　　　　③やさしい　　　④わかい

4. 陳さんの　おかあさんは　（　　　）ですね。
　　①むずかしい　　②たかい　　　　③やすい　　　　④やさしい

5. わたしの　あねは　からだが　（　　　）です。
　　①よわい　　　　②わかい　　　　③たかい　　　　④やさしい

6.バスは　でんしゃより　（　　　）です。

　①おそい　　　　　②むずかしい　　③よわい　　　　④つよい

解答：1.④　2.④　3.②　4.④　5.①　6.①

1. この時計は<ruby>新<rt>あたら</rt></ruby>しくて、きれいです。　這個時鐘又新又漂亮。

2. もう6時ですから、<ruby>外<rt>そと</rt></ruby>は<ruby>暗<rt>くら</rt></ruby>いです。　因為已經六點了，外頭是暗的。

3. この<ruby>店<rt>みせ</rt></ruby>の<ruby>物<rt>もの</rt></ruby>は<ruby>安<rt>やす</rt></ruby>いです。　這家店的東西是便宜的。

4. 陳さんのお<ruby>母<rt>かあ</rt></ruby>さんはやさしいですね。　陳先生的母親很溫柔呢。

5. わたしの<ruby>姉<rt>あね</rt></ruby>は<ruby>体<rt>からだ</rt></ruby>が<ruby>弱<rt>よわ</rt></ruby>いです。　我的姊姊身體虛弱。

6. バスは<ruby>電車<rt>でんしゃ</rt></ruby>より<ruby>遅<rt>おそ</rt></ruby>いです。　巴士比電車慢。

1-3-2 な形容詞（な形容詞） 🔊 MP3-55

1 あんぜん（な）❶【安全（な）】 安全 ☐☐

日本は　とても　安全な　国です。

日本是個非常安全的國家。

↔ **3** あぶない ❶ ❸【危ない】 危險的（1-3-1 い形容詞 D：狀態）

---

2 いろいろ（な）❶【色々（な）】 各式各樣 ☐☐

ここに　いろいろな　本が　あります。

這裡有很多各式各樣的書。

---

3 かんたん（な）❶【簡単（な）】 簡單 ☐☐

平仮名は　簡単ですが、片仮名は　難しいです。

平假名是簡單的，但片假名是困難的。

↔ **16** むずかしい ❶ ❹【難しい】 困難的（1-3-1 い形容詞 D：狀態）

＝ **17** やさしい ❶ 簡單的（1-3-1 い形容詞 D：狀態）

---

4 きらい（な）❶【嫌い（な）】 討厭 ☐☐

刺身が　嫌いです。

討厭生魚片。

↔ **11** すき（な）❷【好き（な）】 喜歡

注意：雖然是以「～い」結尾，但「きらい」是な形容詞。

5 きれい（な） ❶【綺麗（な）】 ①漂亮 ②乾淨

彼女は　とても　きれいです。
かのじょ

她非常漂亮。

部屋を　きれいに　して　ください。
へ　や

請把房間整理乾淨。

↔ **9** きたない ❸【汚い】 髒的（1-3-1 い形容詞 D：狀態）

注意：只有在「きれいにする」（打掃乾淨）這種情形時，反義詞是
「汚い」（髒的）。另外，雖然「きれい」是以「～い」結尾，
きたな
但它是な形容詞。

6 げんき（な） ❶【元気（な）】 有精神

あの　犬は　とても　元気です。
いぬ　　　　　　　　　げん　き

那隻狗非常有精神。

7 しずか（な） ❶【静か（な）】 安靜

ここは　とても　静かな　町です。
しず　　　まち

這裡是個非常安靜的城鎮。

↔ **13** にぎやか（な） ❷【賑やか（な）】 熱鬧

8 しんせつ（な） ❶【親切（な）】 親切

陳さんは　とても　親切です。
ちん　　　　　　　　しんせつ

陳先生非常親切。

9 じょうず（な） ❶【上手（な）】 厲害、拿手、擅長

林さんは　テニスが　上手です。
りん　　　　　　　　　　じょう　ず

林先生的網球很厲害。

↔ **15** へた（な） ❷【下手（な）】 不拿手、不擅長

10 じょうぶ（な）**⓪**【丈夫（な）】 堅固 ☐☐

この　かばんは　とても　丈夫（じょうぶ）です。

這個包包非常堅固。

11 すき（な）**❷**【好き（な）】 喜歡 ☐☐

好（す）きな　スポーツは　何（なん）ですか。

喜歡的運動是什麼呢？

↔ **4** 嫌い（な）**⓪**【きらい（な）】 討厭

12 たいせつ（な）**⓪**【大切（な）】 重要 ☐☐

これは　とても　大切（たいせつ）な　絵（え）です。

這是非常重要的畫。

13 にぎやか（な）**❷**【賑やか（な）】 熱鬧 ☐☐

台北（たいぺい）は　とても　にぎやかです。

臺北非常熱鬧。

↔ **7** 静か（な）**❶**【しずか（な）】 安靜

14 ひま（な）**⓪**【暇（な）】 空閒 ☐☐

明日（あした）は　暇（ひま）です。

明天很閒。

↔ **5** 忙しい **❹**【いそがしい】 忙碌的（1-3-1 い形容詞 D：狀態）

15 へた（な）**❷**【下手（な）】 不拿手、不擅長 ☐☐

わたしは　料理（りょうり）が　下手（へた）です。

我對料理很不拿手。

↔ **9** じょうず（な）**⓪**【上手（な）】 厲害、拿手、擅長

16 べんり（な）❶【便利（な）】 方便 □ □

<ruby>地下鉄<rt>ち か てつ</rt></ruby>は　とても　<ruby>便利<rt>べん り</rt></ruby>です。

地下鐵非常方便。

---

17 ゆうめい（な）❶【有名（な）】 有名 □ □

<ruby>富士山<rt>ふ じ さん</rt></ruby>は　とても　<ruby>有名<rt>ゆうめい</rt></ruby>な　<ruby>山<rt>やま</rt></ruby>です。

富士山是非常有名的山。

注意：「ゆうめい」雖然是以「～い」結尾，但它是な形容詞。

---

18 りっぱ（な）❶【立派（な）】 出色、豪華 □ □

<ruby>陳<rt>ちん</rt></ruby>さんの　<ruby>家<rt>いえ</rt></ruby>は　とても　<ruby>立派<rt>りっ ぱ</rt></ruby>です。

陳先生的家非常豪華。

---

19 ハンサム（な）❶ 帥 □ □

<ruby>先生<rt>せんせい</rt></ruby>は　とても　ハンサムです。

老師非常帥。

練習問題 1

1. ははは　りょうりが　（　　　）です。

　①おいしい　　　②じょうぶ　　　③じょうず　　　④すき

2. 富士山は　にほんで　いちばん　（　　　）な　やまです。

　①ゆうめい　　　②きれい　　　③たいせつ　　　④きたない

3. 陳さんは　とても　（　　　）せつです。

　①薪　　　　　②観　　　　　③新　　　　　④親

4. わたしは　やさいが　（　　　）い　です。

　　①妍　　　　　　　②嫌　　　　　　③好　　　　　　④兼

解答：1. ③　2. ①　3. ④　4. ②

| 問題解析 1 |

1. 母は料理が<u>上手</u>です。　我媽媽很會做菜。
はは　りょうり　じょうず

2. 富士山は日本で一番<u>有名</u>な山です。　富士山是日本最有名的山。
ふじ　さん　にほん　いちばんゆうめい　やま

3. 陳さんはとても<u>親切</u>です。　陳先生非常親切。
ちん　しんせつ

4. わたしは野菜が<u>嫌</u>いです。　我討厭蔬菜。
やさい　きら

| 練習問題 2 |

1. 陳さんの　いえは　（　　　）ですね。

　　①りっぱ　　　　②ゆうめい　　　③たいせつ　　　④じょうず

2. おおさかは　（　　　）な　ところです。

　　①りっぱ　　　　②にぎやか　　　③いろいろ　　　④しんせつ

3. いま　こどもが　ねて　いますから、（　　　）に　して　ください。

　　①ひま　　　　　②しんせつ　　　③げんき　　　　④しずか

4. この　もんだいは　（　　　）です。

　　①じょうず　　　②へた　　　　　③かんたん　　　④じょうぶ

5. これは　　（　　　　）な　かばんですよ。

　　①じょうぶ　　　　②じょうず　　　　③へた　　　　　　④げんき

6. これから　　（　　　　）な　はなしを　します。

　　①あんぜん　　　　②たいせつ　　　　③しんせつ　　　　④にぎやか

解答：1.①　2.②　3.④　4.③　5.①　6.②

問題解析 2

1. 陳さんの家は立派ですね。　陳先生的家很豪華呢。

2. 大阪は賑やかなところです。　大阪是個熱鬧的地方。

3. 今子供が寝ていますから、静かにしてください。

　　現在小孩正在睡覺，請小聲一點。

4. この問題は簡単です。　這個問題很簡單。

5. これは丈夫なかばんですよ。　這是很堅固的包包喔。

6. これから大切な話をします。　接下來要講重要的事。

1-3-3 総合練習（總複習）

問題 1 請從右邊選出意思相反的形容詞，用線連在一起。

1. おおきい　・　　　　　　　　　・かんたん

2. あたたかい　・　　　　　　　　・あぶない

3. かるい　　・　　　　　　　　　・ちいさい

4. おそい　　・　　　　　　　　　・よわい

5. じょうず　・　　　　　　　　　・きたない

6. ひま　　・　　　　　　　　　・すずしい

7. やすい　　・　　　　　　　　　・いそがしい

8. むずかしい　・　　　　　　　　・おもい

9. あたらしい　・　　　　　　　　・すき

10. つよい　　・　　　　　　　　　・へた

11. あかるい　・　　　　　　　　　・はやい

12. しずか　　・　　　　　　　　　・ふるい

13. きらい　　・　　　　　　　　　・うるさい

14. きれい　　・　　　　　　　　　・くらい

15. あんぜん　・　　　　　　　　　・たかい

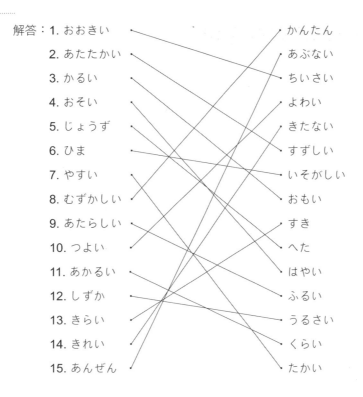

解答：
1. おおきい
2. あたたかい
3. かるい
4. おそい
5. じょうず
6. ひま
7. やすい
8. むずかしい
9. あたらしい
10. つよい
11. あかるい
12. しずか
13. きらい
14. きれい
15. あんぜん

かんたん
あぶない
ちいさい
よわい
きたない
すずしい
いそがしい
おもい
すき
へた
はやい
ふるい
うるさい
くらい
たかい

問題 2

1. ちょっと　（　　　）　なりましたから、まどを　あけましょう。
　　①さむく　　　　②すずしく　　　③あかるく　　　④あつく

2. この　チョコレートは　（　　　）て、おいしいですね。
　　①すき　　　　　②よわく　　　　③あまく　　　　④くらく

3. おなかが　（　　　）ですから、きょう　がっこうを　やすみました。
　　①いたい　　　　②よわい　　　　③いそがしい　　④ひま

198

4. ここは　くらいですから、（　　　）ですね。
　①はやい　　　　②こわい　　　　③あんぜん　　　④つめたい

5. にほんごの　べんきょうは　むずかしいですが、（　　　）です。
　①かんたん　　　②つまらない　　③へた　　　　　④おもしろい

6. この　コンピューターは　（　　　）て、かるいです。
　①たかく　　　　②つよく　　　　③やさしく　　　④うすく

7. すみません。（　　　）　おかねが　ありますか。
　①やさしい　　　②こまかい　　　③やすい　　　　④たかい

8. もう　7がつですが、まだ　（　　　）です。
　①あつい　　　　②つめたい　　　③さむい　　　　④いい

9. わたしの　そふは　もう　80さいですが、からだが　（　　　）です。
　①じょうぶ　　　②わるい　　　　③いい　　　　　④ふとい

10. この　まちは　ひとが　おおくて、とても　（　　　）です。
　①きたない　　　②にぎやか　　　③しずか　　　　④たいせつ

11. 林さんの　おねえさんは　（　　　）て、きれいですね。
　①わかく　　　　②すき　　　　　③ながく　　　　④つまらなく

12. その　（　　　）　みちを　まっすぐ　いって　ください。
　①とおい　　　　②ちかい　　　　③せまい　　　　④かるい

13. その　（　　　）　かばんは　わたしのです。
　①せまい　　　　②からい　　　　③ひくい　　　　④まるい

14. この　へやは　とても　（　　　）です。

　　①ほそい　　　　②ひくい　　　　③みじかい　　　④ひろい

15. 陳さんは　ハンサムで、（　　　）な　ひとです。

　　①いや　　　　　②しんせつ　　　③ひま　　　　　④やさしい

解答：1.④　2.③　3.①　4.②　5.④　6.④　7.②　8.③　9.①　10.②
　　　11.①　12.③　13.④　14.④　15.②

問題解析 2

1. ちょっと<u>熱</u>くなりましたから、<u>窓</u>を<u>開</u>けましょう。

　　變得有點熱了，開窗吧！

2. このチョコレートは<u>甘</u>くて、おいしいですね。

　　這個巧克力很甜很好吃呢。

3. おなかが<u>痛</u>いですから、今日学校を休みました。

　　因為肚子痛，今天跟學校請了假。

4. ここは暗いですから、<u>怖</u>いですね。

　　這裡很暗，很可怕呢！

5. 日本語の勉強は難しいですが、<u>面白</u>いです。

　　日文的學習雖然困難，但是很有趣。

6. このコンピューターは<u>薄</u>くて、<u>軽</u>いです。

　　這台電腦又薄又輕。

7. すみません、細かいお金がありますか。

不好意思，請問有零錢嗎？

8. もう７月ですが、まだ寒いです。

都已經七月了，但還是很冷。

9. 私の祖父はもう８０歳ですが、体が丈夫です。

我祖父已經八十歲了，但是身體很硬朗。

10. この町は人が多くて、とても賑やかです。

這個城鎮人很多，非常熱鬧。

11. 林さんのお姉さんは若くて、きれいですね。

林小姐的姊姊又年輕又漂亮呢。

12. その狭い道をまっすぐ行ってください。

請直走那條窄路。

13. その丸いかばんは私のです。

那個圓的包包是我的。

14. この部屋はとても広いです。

這房間非常大。

15. 陳さんはハンサムで、親切な人です。

陳先生是個又帥又親切的人。

1-4 副詞（副詞）

1-4-1 副詞（副詞）　🔊 MP3-56

A：程度（程度）

1 とても ❶ 非常　□□

日本は　とても　安全な　国です。

日本是非常安全的國家。

今日は　とても　寒いですね。

今天非常冷呢。

注意：「程度副詞」擺在「い形容詞」或「な形容詞」的前面，用來表示程度。除了常用來修飾動詞之外，也表示程度或頻率很高。「とても」後面是接肯定形。

---

2 たいへん ❶【大変】 十分、非常　□□

この　本は　大変　面白いです。

這本書十分有趣。

これは　大変　難しい　問題です。

這是個十分困難的問題。

注意：「大変」意思和「とても」相同，但「大変」是文章體。

3 だいたい **⓪**【大体】 大概、大致上 ☐ ☐

台湾<small>たいわん</small>から　日本<small>にほん</small>まで　飛行機<small>ひこうき</small>で　<u>だいたい</u>　4時間<small>よじかん</small>

ぐらい　かかります。

從臺灣坐飛機到日本大概要花四個小時。

その　話<small>はなし</small>は　<u>だいたい</u>　分<small>わ</small>かりました。

那件事大致了解了。

---

4 ちょっと **❶⓪** 稍微 ☐ ☐

すこし **❷**【少し】 稍微

少<small>すこ</small>し　休<small>やす</small>みましょうか。

稍微休息一下吧。

もう　<u>ちょっと</u>　早<small>はや</small>く　来<small>き</small>て　ください。

請再早一點來。

注意：「ちょっと」是「少<small>すこ</small>し」的口語，意思相同。

---

5 よく **❶** 非常、很 ☐ ☐

彼<small>かれ</small>は　<u>よく</u>　食<small>た</small>べます。

他很會吃。

日本文化<small>にほんぶんか</small>に　ついて　<u>よく</u>　分<small>わ</small>かりません。

不太清楚日本文化。

---

6 あまり **⓪** 不太 ☐ ☐

これは　<u>あまり</u>　おいしく　ないです。

這個不太好吃。

最近<small>さいきん</small>は　<u>あまり</u>　時間<small>じかん</small>が　ありません。

最近沒什麼時間。

注意：「あまり」後面接否定形。

7 ぜんぜん ❶【全然】 完全 ☐ ☐

タイ語が　全然　分かりません。

我完全不懂泰語。

甘い　ものが　全然　好きでは　ありません。

我完全不喜歡甜的東西。

注意：「ぜんぜん」後面接否定形。

---

8 もっと ❶ 更加 ☐ ☐

これから　もっと　暑く　なります。

接下來會變得更熱。

もっと　ゆっくり　話して　ください。

請講得再慢一點。

---

9 いちばん ❶【一番】 最 ☐ ☐

クラスで　陳さんが　一番　日本語が　上手です。

在班上陳同學日文最好。

一番　大切な　ものは　家族です。

家庭是最重要的。

---

10 ほんとうに ❶【本当に】 真的 ☐ ☐

今日は　本当に　ありがとう　ございました。

今天真的很謝謝。

地震は　本当に　怖いです。

地震真的很恐怖。

練習問題 1

1. （　　　）　あたまが　いたいです。

　　①ちょっと　　　②ちょっど　　　③ちょうど　　　④ちょうと

2. ちんさんは　（　　　）　しんせつな　ひとです。

　　①ほんどうに　　②ほんとうに　　③ほんどに　　　④ぼんどうに

3. ははの　りょうりは　（　　　）　おいしいです。

　　①だいへん　　　②たいへん　　　③だいべん　　　④たいべん

4. じかんが　ありませんから、（　　　）　はやく　あるいて　ください。

　　①もっど　　　　　②もっとう　　　③もと　　　　　④もっと

解答：1.①　2.②　3.②　4.④

問題解析 1

1. ちょっと頭が痛いです。　頭有點痛。

2. 陳さんは本当に親切な人です。　陳同學真的是個很親切的人。

3. 母の料理は大変おいしいです。　母親做的料理非常美味。

4. 時間がありませんから、もっと早く歩いてください。

　　因為沒有時間了，請再走快一點。

1. えいがが　すきですが、さいきん　いそがしいですから、（　　　）
  みません。
    ①とても　　　　　②あまり　　　　　③大変　　　　　④もっと

2. いつも　（　　　）　7じかん　ぐらい　ねて　います。
    ①だいたい　　　　②少し　　　　　③本当に　　　　　④もっと

3. まいにち　（　　　）　べんきょうして　いますから、しけんは
  100てんでした。
    ①一番　　　　　　②もっと　　　　　③よく　　　　　④あまり

4. きょうは　（　　　）　つかれましたから、なにも　したくないです。
    ①あまり　　　　　②とても　　　　　③もっと　　　　　④だいたい

5. せんせいの　おこさんは　（　　　）　かわいいですね。
    ①全然　　　　　　②もっと　　　　　③本当に　　　　　④あまり

6. かんこくごは　すこし　わかりますが、タイごは　（　　　）
  わかりません。
    ①大変　　　　　　②とても　　　　　③もっと　　　　　④全然

解答：1. ②　2. ①　3. ③　4. ②　5. ③　6. ④

1. 映画が好きですが、最近忙しいですから、あまり見ません。

   我很喜歡看電影，但是最近太忙，沒什麼看。

2. いつもだいたい 7 時間ぐらい寝ています。

   一直都是睡大約七小時左右。

3. 毎日よく勉強していますから、試験は100点でした。

   每天都很用功讀書，所以考試一百分。

4. 今日はとても疲れましたから、何もしたくないです。

   今天非常累，所以什麼都不想做。

5. 先生のお子さんは本当にかわいいですね。

   老師的孩子真的很可愛耶。

6. 韓国語は少し分かりますが、タイ語は全然分かりません。

   會一點韓文，但是泰文完全不會。

1 たくさん **⓪** 很多 ☐☐

冷蔵庫の　中に　ビールが　<u>たくさん</u>　あります。

冰箱裡有很多啤酒。

図書館に　日本語の　本が　<u>たくさん</u>　あります。

圖書館有很多日文的書。

2 すこし **❷**【少し】　有點（表示數量少跟程度低） ☐☐

ちょっと **❶⓪** 有點（表示數量少跟程度低）

<u>少し</u>　頭が　痛いです。

頭有點痛。

まだ　<u>ちょっと</u>　雨が　降って　います。

還下著一點雨。

注意：「ちょっと」是「少し」的口語，意思相同。

3 おおぜい **❸**【大勢】（人數）很多 ☐☐

人が　<u>大勢</u>　います。

人很多。

今日は　学生が　<u>大勢</u>　休んで　います。

今天很多學生請假。

4 ぜんぶ **❶**【全部】　全部（都） ☐☐

ここの　パンは　<u>全部</u>　100円です。

這裡的麵包全部都一百日圓。

仕事が　<u>全部</u>　終わりました。　工作全部都結束了。

注意：「全部」（全部）跟「全部で」（總共）意思不相同，請多加注意。

C：予想（預想） 🔊 MP3-58

1 たぶん ❶　大概、應該 ☐☐

先生は　たぶん　彼を　知って　いるでしょう。

老師應該認識他吧。

今日は　たぶん　遅く　なります。

今天大概會遲到。

2 もちろん ❷　當然、一定（肯定） ☐☐

彼は　もちろん　会社に　来ますよ。

他當然會來公司啊。

あの　先生は　もちろん　いい　人ですよ。

那位老師當然是好人啊。

練習問題 1

1. がいこくじんが　（　　　）　います。

　①おぜい　　　　②おおぜえ　　　③おおぜい　　　④おおせい

2. あの　ひとは　（　　　）　せんせいだと　おもいます。

　①たぶん　　　　②だぶん　　　　③たぷん　　　　④たふん

3. ここに　ある　テレビは　（　　　）　いちまんえんです。

　①ぜんぶん　　　②せんぶ　　　　③ぜんぶ　　　　④ぜんぷ

解答：1. ③　2. ①　3. ③

1. 外国人が大勢います。　有很多外國人。
_{がいこくじん} _{おおぜい}

2. あの人はたぶん先生だと思います。　我想那個人應該是老師。
_{ひと} _{せんせい} _{おも}

3. ここにあるテレビは全部一万円です。　在這裡的電視全部都一萬日圓。
_{ぜん ぶ いちまんえん}

練習問題 2 ┊ 請從下面方框中選擇適當答案，填入（　　　　）內。
┊ 不得重複使用。

| たくさん　　すこし　　おおぜい　　ぜんぶ　　たぶん　　もちろん |

1. そとは　あめが　（　　　）だけ　ふって　います。

2. 「これ、つかっても　いいですか。」
　　「（　　　）、いいですよ。どうぞ　つかって　ください。」

3. この　クラスの　がくせいは　（　　　）　がいこくじんです。

4. きょうは　ひとが　（　　　）　いますから、にぎやかですね。

5. あしたは　（　　　）　あめかも　しれません。

6. れいぞうこの　なかに　のみものが　（　　　）　ありますから、
　　かわなくても　いいです。

解答：1. すこし　2. もちろん　3. ぜんぶ　4. おおぜい　5. たぶん　6. たくさん

1. 外は雨が少しだけ降っています。 外面正下著一點雨。

2. 「これ、使ってもいいですか。」

「もちろん、いいですよ。どうぞ使ってください。」

「可以用這個嗎？」「當然可以，請用。」

3. このクラスの学生は全部外国人です。

這個班級的學生全部都是外國人。

4. 今日は人が大勢いますから、にぎやかですね。

因為今天有很多人，很熱鬧呢。

5. 明日はたぶん雨かもしれません。 明天大概會下雨。

6. 冷蔵庫の中に飲み物がたくさんありますから、買わなくてもいい

です。

冰箱裡面有很多飲料了，不買也沒關係。

D：時間（時間） 🔊 MP3-59

1 もう❶ 已經～ ☐☐

<u>もう</u> 決(き)まりましたか。

已經決定好了嗎？

「<u>もう</u> 晩(ばん)ご飯(はん)を 食(た)べましたか。」

「ええ、<u>もう</u> 食(た)べました。」

「已經吃晚餐了嗎？」「對，已經吃了。」

注意：「もう」也有「再次」的意思。

- -

2 まだ❶ 還沒 ☐☐

「もう 試験(しけん)が 始(はじ)まりましたか。」「いいえ、<u>まだ</u>です。」

「考試已經開始了嗎？」「不，還沒。」

わたしは <u>まだ</u> 結婚(けっこん)して いません。独身(どくしん)です。

我還沒結婚。單身。

注意：請小心不要跟「また」（又、再次）搞混。

- -

3 だんだん❶ 漸漸 ☐☐

日本語(にほんご)が <u>だんだん</u> 面白(おもしろ)く なりました。

日文越來越有趣了。

これから <u>だんだん</u> 寒(さむ)く なります。

接下來會漸漸變冷。

注意：「だんだん」後面會接表示「變化」的句子。

4 すぐ❶ 馬上

<u>すぐ</u>　行^いきます。

馬上過去。

簡単^{かんたん}な　問題^{もんだい}は　<u>すぐ</u>　できます。

簡單的問題馬上就能解決。

5 ゆっくり❸ 慢慢地、好好地

<u>ゆっくり</u>　ご飯^{はん}を　食^たべます。

慢慢地吃飯。

すみませんが、<u>ゆっくり</u>　話^{はな}して　ください。

不好意思，請慢慢説。

6 さいきん❶【最近】 最近

<u>最近</u>^{さいきん}　早^{はや}く　寝^ねて　います。

最近都很早睡。

<u>最近</u>^{さいきん}　日本^{にほん}へ　旅行^{りょこう}に　行^いきました。

最近去日本旅行了。

注意：「最近^{さいきん}」是含有「過去到現在」意義的詞彙，所以不能跟表示「未來」的詞彙一起使用。

7 そろそろ❶ 差不多、漸漸

もう　<u>そろそろ</u>　結婚^{けっこん}したいです。

已經差不多想結婚了。

<u>そろそろ</u>　出^でかけましょうか。

差不多該出門了吧。

8 あとで❶ 等一下、之後 □□

<u>あとで</u> 映画を 見に 行きます。

等一下要去看電影。

<u>あとで</u> ゆっくり 話しましょう。

等一下慢慢聊吧。

練習問題 1

1.（　　　）うんてんして ください。

①ゆっぐり　　②ゆくり　　③ゆっくり　　④ゆっくりん

2.（　　　）さむく なりましたね。

①さいきん　　②さいき　　③さいぎん　　④さっきん

3.「もう せんせいは きましたか。」

「いいえ、（　　　）です。」

①まだ　　②まんだ　　③まった　　④また

....

解答：1.③　2.①　3.①

問題解析 1

1. <u>ゆっくり</u>運転してください。 請慢慢開車。

2. <u>最近</u>寒くなりましたね。 最近變冷了呢。

3. 「もう先生は来ましたか。」「いいえ、<u>まだ</u>です。」

「老師已經來了嗎？」「不，還沒。」

1. あっ、（　　　）　おひるですね。これから　ごはんを　たべに
   いきませんか。
   ①あとで　　　　②もう　　　　　③まだ　　　　　④だんだん

2. いま　いそがしいですから、（　　　）　きてください。
   ①そろそろ　　　②だんだん　　　③まだ　　　　　④あとで

3. わたしは　にほんごが　じょうずでは　ありませんから、（　　　）
   はなして　ください。
   ①そろそろ　　　②あとで　　　　③ゆっくり　　　④もう

4. 「せんせいは　もう　きましたか。」「いいえ、（　　　）です。」
   ①もう　　　　　②まだ　　　　　③あとで　　　　④すぐ

5. （　　　）　バスが　くると　おもいますよ。
   ①だんだん　　　②さいきん　　　③ゆっくり　　　④そろそろ

6. にほんごが　（　　　）　むずかしく　なりました。
   ①そろそろ　　　②あとで　　　　③だんだん　　　④すぐ

解答：1. ②　2. ④　3. ③　4. ②　5. ④　6. ③

1. あっ、もうお昼ですね。これからご飯を食べに行きませんか。

   啊，已經中午了呢。接下來要不要去吃飯呢？

2. 今忙しいですから、あとで来てください。

   因為現在很忙，請等一下再來。

3. わたしは日本語が上手ではありませんから、ゆっくり話してください。

   我日文不好，請慢慢講。

4. 「先生はもう来ましたか。」「いいえ、まだです。」

   「老師已經來了嗎？」「不，還沒。」

5. そろそろバスが来ると思いますよ。

   我想巴士差不多要來了喔。

6. 日本語がだんだん難しくなりました。

   日文越來越難了。

1 よく❶ 時常 ☐☐

<u>よく</u> 台北へ 行きます。

我常常去臺北。

<u>よく</u> 宿題を 忘れます。

時常忘記寫作業。

注意：「よく」有二種意思，表示程度的「よく」（很）跟頻率的

「よく」（時常）。

2 はじめて❷【初めて】 第一次 ☐☐

<u>はじめて</u> スキーを しました。

第一次滑了雪。

<u>はじめて</u> 日本人と 日本語で 話しました。

第一次用日文跟日本人聊了天。

注意：請注意「初め」跟「初めて」的意思不同。

「初め」是指「開始、最初」。

3 もう❶ 再 ☐☐

<u>もう</u> 少し 待って ください。

請再稍等一下。

すみませんが、紙を <u>もう</u> 1枚 ください。

不好意思，請再給我一張紙。

注意：「もう」有二種意思，一種是表示時間的「已經」，

一種是表示頻率的「再」。

1-4
副詞

4 また **⓪** 又、再次 ☐☐

<u>また</u> 明日 会いましょう。 明天再見吧！

<u>また</u> 学校に 遅れました。 又遲到了。

注意：小心不要跟「まだ」（還沒）搞混了。

---

5 たいてい **⓪** 大部分、幾乎 ☐☐

休みの 日は <u>たいてい</u> 家に います。

休假時大多都待在家裡。

朝は <u>たいてい</u> パンを 食べます。

早上幾乎都是吃麵包。

---

6 いつも **❶** 一直、總是 ☐☐

<u>いつも</u> 歩いて 学校へ 行きます。

一直都是走路去上學。

父は <u>いつも</u> 忙しいです。

爸爸總是很忙。

---

7 ときどき **⓪**【時々】 偶爾 ☐☐

<u>ときどき</u> 友達の 家に 遊びに 行きます。

偶爾會去朋友家玩。

<u>ときどき</u> 映画を 見ます。 偶爾會看電影。

程度示意圖

いつも	たいてい	よく	ときどき	あまり	全然
總是	大部分	經常	偶爾	不太～	完全不～

肯定（100%） ⟶ 否定（0%）

練習問題 1

1. (　　　　)　たいぺいへ　います。

①どきどき　　②ときどき　　③ときとき　　④とっきとっき

2. にちようびは　(　　　)　じゅうじに　おきます。

①たいてい　　②だいてい　　③たいでい　　④だいでい

3. せんしゅう　(　　　)　すきやきを　たべました。

①はじめで　　②はしめで　　③はじめて　　④はしめて

解答：1. ②　2. ①　3. ③

問題解析 1

1. 時々台北へ行きます。　有時候會去臺北。

2. 日曜日はたいてい10時に起きます。　星期日大概都十點起床。

3. 先週初めてすきやきを食べました。　上星期首次吃了壽喜燒。

請從下面方框中選擇適當答案，填入（　　　　）內。不得重複使用。

たいてい　　ときどき　　また　　よく　　もう

1.（　　　）　あした　あいましょう。

2.まいにちじゃ　ありませんが、（　　　）　うんどうして　います。

3.あさごはんは　たべません。（　　　）　コーヒーだけ　のみます。

4.すみませんが、（　　　）　いっかい　おしえて　ください。

5.「（　　　）　えいがを　みますか。」

　「いいえ、あまり　みません。」

解答：1. また　2. ときどき　3. たいてい　4. もう　5. よく

問題解析 2

1. また明日会いましょう。　明天再見吧！

2. 毎日じゃありませんが、ときどき運動しています。

　　雖然不是每天，不過偶爾會運動。

3. 朝ご飯は食べません。たいていコーヒーだけ飲みます。

　　我不吃早餐。大多只喝咖啡。

4. すみませんが、もう一回教えてください。

　　不好意思，請再教我一次。

5.「よく映画を見ますか。」「いいえ、あまり見ません。」

　　「常常看電影嗎？」「不，不太常看。」

1 これから ⓿ 接下來 ☐☐

<u>これから</u> 会議が 始まります。

接下來會議要開始了。

<u>これから</u> 寒く なります。

接下來要變冷了。

2 まず ❶【先ず】 首先 ☐☐

<u>まず</u> 最初に この ボタンを 押します。

首先一開始按這個按鈕。

<u>まず</u> ここに 名前を 書いて ください。

首先請在這裡簽名。

3 つぎに ❷【次に】 接著、下一個 ☐☐

東京の <u>次に</u> 大阪へ 行きました。

東京之後，去了大阪。

<u>次に</u> 何を しなければ なりませんか。

接著必須做什麼呢？

🔊 MP3-62

1 ぜんぶで ❶ 【全部で】 總共 ☐☐

全部で 5つ あります。

總共有五個。

家族は 全部で 5人です。

家人總共有五個人。

2 みんなで ❸ 【皆で】 大家一起 ☐☐

みんなで ご飯を 食べましょう。

大家一起吃飯吧！

家族 みんなで 温泉に 行きました。

跟家人一起去泡了溫泉。

3 ひとりで ❷ 【一人で】 一個人 ☐☐

一人で 日本へ 行きました。

一個人去了日本。

いつも 一人で 昼ご飯を 食べて います。

我總是一個人吃午餐。

4 いっしょに ❶ 【一緒に】 一起 ☐☐

一緒に 図書館で 勉強しませんか。

要不要一起在圖書館念書呢？

友達と 一緒に 買い物に 行きました。

和朋友一起去買了東西。

🔊 MP3-63

1 まっすぐ ❸ 筆直地　☐☐

ここを　まっすぐ　行って　ください。

請從這裡直走。

まっすぐ　立って　ください。

請筆直地站著。

2 ゆっくり ❸ 好好地、慢慢地　☐☐

ゆっくり　休みたいです。

想好好地休息。

どうぞ　ゆっくり　して　ください。

請放輕鬆。

3 ちょうど ❶【丁度】剛好、正好　☐☐

今　ちょうど　お昼休みの　時間です。

現在剛好是午休的時間。

この　靴は　わたしに　ちょうど　いいです。

這雙鞋對我來說剛剛好。

4 はやく ❶【早く・速く】早、快　☐☐

もう　少し　早く　来て　ください。

請再早點來。

速く　泳ぐことが　できます。

能游得很快。

223

1. これを　（　　　）　きって　ください。

　　①ますっぐ　　　②まっずぐ　　　③まっすぐ　　　④ますぐ

2. この　ふくは　わたしに（　　　）いいです。

　　①ちょっと　　　②ちょうど　　　③ちょど　　　④ちょと

3. （　　　）　ねて　くださいね。

　　①ゆくり　　　　②ゆっぐり　　　③ゆんくり　　　④ゆっくり

解答：1. ③　2. ②　3. ④

1. これをまっすぐ切ってください。　請直直地剪這個。

2. この服はわたしにちょうどいいです。　這件衣服對我來説剛剛好。

3. ゆっくり寝てくださいね。　請好好地睡覺喔。

練習問題 2

1. にほんごが　あまり　わかりませんから、（　　　）　はなして
　ください。

　　①はやく　　　　②まっすぐ　　　③ゆっくり　　　④みんなで

2. おきてから、（　　　）　かおを　あらいます。それから、ごはんを
　たべます。

　　①ちょうど　　　②まず　　　　　③これから　　　④まっすぐ

3. いま　とうきょうに　（　　　）　すんで　います。

　　①ゆっくり　　　②ぜんぶで　　　③これから　　　④ひとりで

4. （　　　）　12時ですね。おひるごはんを　たべましょうか。

　　①つぎ　　　　　②ちょうど　　　③まず　　　　　④はやく

5. この　みちを　（　　　）　いって　ください。

　　①まっすぐ　　　②これから　　　③ちょうど　　　④ぜんぶで

6. 「そうじは　もう　おわりました。（　　　）　なにを　したら
　いいですか。」

　　①はやく　　　　②まっすぐ　　　③つぎに　　　　④ぜんぶで

解答：1.③　2.②　3.④　4.②　5.①　6.③

1. 日本語があまり分かりませんから、ゆっくり話してください。

因為我不太懂日文，請講慢一點。

2. 起きてから、先ず顔を洗います。それから、ご飯を食べます。

起床後先洗臉。接著吃飯。

3. 今東京に1人で住んでいます。

現在一個人住在東京。

4. ちょうど１2時ですね。お昼ご飯を食べましょうか。

正好十二點了呢。來吃午餐吧？

5. この道をまっすぐ行ってください。

請這條路直走。

6. 「掃除はもう終わりました。次に何をしたらいいですか。」

「已經打掃完了。接下來要做什麼好呢？」

総合練習（總複習）
そうごうれんしゅう

1. この みちを （　　　） 行って ください。

　①だんだん　　　②まっすぐ　　　③だいたい　　　④よく

2. にほんごが じょうずでは ありませんから、（　　　） はなして
　ください。

　①少し　　　　　②まっすぐ　　　③ゆっくり　　　④もっと

3. もう あきですね。これから （　　　） さむく なりますね。

　①だんだん　　　②たくさん　　　③よく　　　　　④おおぜい

4. （　　　） たくさん たべてください。

　①ちょうど　　　②もう　　　　　③もっと　　　　④たいてい

5. おさけは （　　　） すきでは ありません。

　①あまり　　　　②ときどき　　　③とても　　　　④よく

6. せんせいは （　　　） きて いません。

　①ぜんぜん　　　②もう　　　　　③まだ　　　　　④また

7. ろくじですから、（　　　） かえります。

　①もっと　　　　②たぶん　　　　③そろそろ　　　④もちろん

8. きのうの カラオケは たのしかったですから、（　　　）
　行きたいです。

　①また　　　　　②たくさん　　　③まだ　　　　　④もう

9. かんこくごは　（　　　　）　わかります。
　　①だんだん　　　②すぐ　　　　　③だいたい　　　④たいてい

10.（　　　　）　おひるごはんを　たべましたか。
　　①いつも　　　②もう　　　　　③よく　　　　　④たいてい

11. いま　いそがしいですから、（　　　）　きて　ください。
　　①あとで　　　②すぐ　　　　　③ゆっくり　　　④まだ

12. いま　（　　　）　じゅうにじです。
　　①はやく　　　②まっすぐ　　　③まだ　　　　　④ちょうど

13. ちんさんは　（　　　）　こないと　おもいます。
　　①たいてい　　②たぶん　　　　③よく　　　　　④そろそろ

14. この　みせは　ゆうめいですから、ひとが　（　　　）　います。
　　①おおぜい　　②もちろん　　　③いちばん　　　④もっと

15. きのうは　（　　　）　すみませんでした。
　　①いちばん　　②ほんとうに　　③よく　　　　　④すこし

1. この道をまっすぐ行ってください。　請這條路直走。

2. 日本語が上手ではありませんから、ゆっくり話してください。
我不太懂日文，請慢慢講。

3. もう秋ですね。これからだんだん寒くなりますね。
已經秋天了呢。接下來會漸漸變冷吧。

4. もっとたくさん食べてください。　請再多吃一點。

5. お酒はあまり好きではありません。　不太喜歡酒。

6. 先生はまだ来ていません。　老師還沒來。

7. 6時ですから、そろそろ帰ります。　已經六點了，差不多要回家了。

8. 昨日のカラオケは楽しかったですから、また行きたいです。
昨天在卡拉OK很開心，還想再去。

9. 韓国語は大体分かります。　大致懂韓文。

10. もうお昼ご飯を食べましたか。　已經吃午餐了嗎？

11. 今忙しいですから、あとで来てください。　現在很忙，請等一下再來。

12. 今ちょうど12時です。　現在正好十二點。

13. 陳さんはたぶん来ないと思います。　我想陳先生應該不會來了。

14. この店は有名ですから、人が大勢います。　這家店因為很有名，所以人很多。

15. 昨日は本当にすみませんでした。　昨天真的很抱歉。

1-5 接頭語・接尾語（接頭語、接尾語）

1-5-1 接頭語・接尾語（接頭語、接尾語） 🔊 MP3-64

1 お／ご～【御】 接在名詞之前表示尊敬、謙讓的美化語 ☐☐

すみません、お水を ください。

不好意思，請給我水。

ご飯を 食べます。

吃飯。

---

2 ～ずつ 毎……、各……（接在數量詞後表示「平均」的意思）☐☐

1人に 2つずつ チョコレートを あげます。

給每一個人各二個巧克力。

---

3 ～ごろ【頃】 ……左右（指時間）☐☐

昨日は 10時ごろ 寝ました。

昨天十點左右睡覺了。

---

4 ～すぎ【過ぎ】 超過…… ☐☐

今 9時5分 過ぎです。

現在九點過五分。

---

5 ～がわ【側】 側、方面、某一邊 ☐☐

映画館は デパートの 向こう 側です。

電影院在百貨公司的對面那一邊。

6 ～たち【達】……們

子供達が　公園で　遊んで　います。

小孩子們正在公園遊玩。

7 ～や【屋】……店

本屋は　どこですか。

書店在哪邊呢？

8 ～ご【語】……語

日本語は　難しいです。

日文很難。

9 ～じん【人】……人

わたしは　日本人です。

我是日本人。

10 ～など【等】……等等（舉例）

机の　上に　鉛筆や　本などが　あります。

書桌上有鉛筆或書等等。

11 ～ど【度】……次

何度も　電話を　かけました。

打了好幾次電話。

12 ～まえ【前】……前

今　8時5分前です。

現在是七點五十五分。

13 ～えん【円】 ……日圓　　　　　　　　　　　　☐☐

これは　5千円です。

這是五千日圓。

14 ～くん【君】 ……君（對男性同輩、晚輩的稱呼）　☐☐

たかし君は　何歳ですか。

隆志君幾歲呢？

15 ～ちゃん　暱稱　　　　　　　　　　　　　　　☐☐

みっちゃんは　今　ご飯を　食べて　います。

小美現在正在吃飯。

16 ～じゅう【中】 ……之內　　　　　　　　　　　☐☐

今日中に　この　レポートを　出して　ください。

請在今天之內交這份報告。

17 ～ちゅう【中】 ……中　　　　　　　　　　　　☐☐

今　食事中　です。

現在正在吃飯中。

18 ～かた【方】 ……位（「人」的敬稱）　　　　　☐☐

あの　方は　どなたですか。

那位是哪一位呢？

1. ひとりに　2つ（　　　）　りんごを　もらいました。

　　①すぎ　　　　　②まえ　　　　　　③ずつ　　　　　④ごろ

2. けさ　はちじ（　　）　おきました。

　　①ぐらい　　　　②ごろ　　　　　　③だいたい　　　④ずつ

3. そちらは　あぶないですから、こちら（　　　）を　あるいて
　　ください。

　　①ほう　　　　　②まえ　　　　　　③がわ　　　　　④ずつ

4. わたしの　しゅじんは　かんこく人です。

　　①にん　　　　　②ひと　　　　　　③れん　　　　　④じん

5. あの　方は　せんせいですか。

　　①かた　　　　　②ほう　　　　　　③ほお　　　　　④がた

解答：1. ③　2. ②　3. ③　4. ④　5. ①

問題解析

1. 1人に2つずつりんごをもらいました。　每一個人各拿到了二個蘋果。

2. 今朝8時ごろ起きました。　今天早上八點左右起床了。

3. そちらは危ないですから、こちら側を歩いてください。

　　因為那邊很危險，請走在這一側。

4. わたしの主人は韓国人です。　我的丈夫是韓國人。

5. あの方は先生ですか。　那位是老師嗎？

1-5-2 時間（時間） 🔊 MP3-65

1 ～じかん【時間】 ……小時　　☐☐

ここから　駅まで　1時間ぐらい　かかります。

從這裡到車站要花大概一小時。

---

2 ～がつ【月】 ……月　　☐☐

10月に　日本へ　行きます。

十月要去日本。

---

3 ～じ【時】 ……點　　☐☐

今　4時です。

現在四點。

---

4 ～はん【半】 ……半　　☐☐

今朝　7時半に　起きました。

今天早上七點半起床了。

---

5 ～ふん、ぷん【分】 ……分　　☐☐

今　8時45分です。

現在八點四十五分。

---

6 ～にち【日】 ……天　　☐☐

1日に　3回　薬を　飲みます。

一天吃三次藥。

7 〜かげつ【か月】……個月 □ □

国<ruby>国<rt>くに</rt></ruby>で **3<ruby>か月<rt>さん げつ</rt></ruby>** 日本語<ruby>日本語<rt>にほん ご</rt></ruby>を 勉強<ruby>勉強<rt>べんきょう</rt></ruby>しました。

在國內學了三個月日文。

---

8 〜ねん【年】……年 □ □

1<ruby>年<rt>いちねん</rt></ruby>に **2<ruby>回<rt>にかい</rt></ruby>** 日本<ruby>日本<rt>にほん</rt></ruby>へ 帰<ruby>帰<rt>かえ</rt></ruby>ります。

一年回日本兩次。

| 練習問題 | 請將劃下線單字的讀音,用平假名寫在( )內。

1. にほんで 7か月 べんきょうしました。 ( )

2. まいにち 50分 あるいて います。 ( )

3. じゅぎょうは 4時からです。 ( )

4. 9月は まだ あついです。 ( )

解答:**1.** ななかげつ **2.** ごじゅっぷん **3.** よじ **4.** くがつ

| 問題解析 |

1. 日本<ruby>日本<rt>にほん</rt></ruby>で7<ruby>か月<rt>なな げつ</rt></ruby>勉強<ruby>勉強<rt>べんきょう</rt></ruby>しました。 在日本學習了七個月。

2. 毎日<ruby>毎日<rt>まいにち</rt></ruby>5<ruby>0分<rt>ごじゅっぷん</rt></ruby>歩<ruby>歩<rt>ある</rt></ruby>いています。 每天都走五十分鐘的路。

3. 授業<ruby>授業<rt>じゅぎょう</rt></ruby>は4<ruby>時<rt>よ じ</rt></ruby>からです。 四點開始上課。

4. 9<ruby>月<rt>くがつ</rt></ruby>はまだ暑<ruby>暑<rt>あつ</rt></ruby>いです。 九月還很熱。

数量詞（數量詞） 🔊 MP3-66

1 ～かい・がい【階】……樓 ☐☐

トイレは　2階に　あります。

廁所在二樓。

- -

2 ～かい【回】……次 ☐☐

1週間に　1回　映画を　見ます。

一個星期看一次電影。

- -

3 ～こ【個】……個 ☐☐

りんごを　3個　ください。

請給我三個蘋果。

- -

4 ～さい【歳】……歲 ☐☐

娘は　今　4歳です。

女兒現在四歲。

- -

5 ～さつ【冊】……本 ☐☐

ノートを　1冊　ください。

請給我一本筆記本。

- -

6 ～ひき・びき・ぴき【匹】……隻 ☐☐

家に　猫が　3匹　います。

家裡有三隻貓。

7 ～ほん・ぼん・ぽん【本】 ……枝、瓶、把

傘を　**1本**　買いました。

買了一把傘。

8 ～まい【枚】 ……張

コンサートの　チケットが　**2枚**　あります。

有二張音樂會的門票。

9 ～にん【人】 ……人

わたしの　家族は　**5人**です。

我家有五個人。

＊例外：1人、2人

1-5 接頭語、接尾語

練習問題　請從下面方框中選擇適當答案，填入（　　　）內。

| まい　ほん　ぽん　ぼん　こ　　さい |
| さつ　にん　ひき　びき　ぴき　かい |

1. いぬが　3（　　　）　います。

2. ざっしを　2（　　　）　かいました。

3. きょうしつは　5（　　　）に　あります。

4. つくえの　うえに　えんぴつが　10（　　　）　あります。

5. がっこうに　がいこくじんの　せんせいが　3（　　　）　います。

6. 80円の　きってを　2（　　　）　ください。

解答：1. びき　2. さつ　3. かい　4. ぽん　5. にん　6. まい

1. 犬<ruby>いぬ</ruby>が 3 匹<ruby>さんびき</ruby>います。　有三隻狗。

2. 雑誌<ruby>ざっし</ruby>を2冊<ruby>にさつ</ruby>かいました。　買了二本雜誌。

3. 教室<ruby>きょうしつ</ruby>は5階<ruby>ごかい</ruby>にあります。　教室在五樓。

4. 机<ruby>つくえ</ruby>の上<ruby>うえ</ruby>に鉛筆<ruby>えんぴつ</ruby>が10本<ruby>じゅっぽん</ruby>あります。　桌上有十隻鉛筆。

5. 学校<ruby>がっこう</ruby>に外国人<ruby>がいこくじん</ruby>の先生<ruby>せんせい</ruby>が 3 人<ruby>さんにん</ruby>います。　學校裡有三個外國老師。

6. ８０円<ruby>はちじゅうえん</ruby>の切手<ruby>きって</ruby>を2枚<ruby>にまい</ruby>ください。　請給我八十日圓的郵票二張。

1-5-4 総合練習（總複習）
そうごうれんしゅう

問題 1 請在第1～4題的（　　　）中填入數量詞。

1. ふうとうを　1（　　　）　ください。

2. かばんの　なかに　カメラや　かさ（　　　）が　あります。

3. いま　いちじ　ごじゅうごふんです。にじ　ごふん　（　　　）です。

4. こうえんに　おとこの　こが　9（　　　）　います。

問題 2 請寫出劃下線單字的讀音。

5. あしたから　10月です。

6. いつも　ごぜん中に　かいものに　いきます。

問題 3 請從四個選項中選擇最適當的答案。

7. はなやは　どこですか。
　①屋　　　　　②店　　　　　③絵　　　　　④本

8. むすめたちは　あっちで　あそんで　います。
　①側　　　　　②人　　　　　③子　　　　　④達

解答：1. まい　2. など　3. まえ　4. にん　5. がつ　6. ちゅう　7. ①　8. ④

1. 封筒を1枚ください。　請給我一個信封。

2. かばんの中にカメラや傘などがあります。

包包裡面有照相機或雨傘等等。

3. 今1時55分です。2時5分前です。

現在是一點五十五分。再五分鐘就兩點。

4. 公園に男の子が9人います。　公園裡有九個男生。

5. 明日から10月です。　明天開始是十月了。

6. いつも午前中に買い物に行きます。

總是在早上這段時間去買東西。

7. 花屋はどこですか。　花店在哪裡呢？

8. 娘達はあっちで遊んでいます。　女兒們正在那邊遊玩。

1-6 疑問詞・接続詞（疑問詞、接續詞）

 1-6-1 疑問詞（疑問詞） 🔊 MP3-67

1 なに❶・なん❶【何】 什麼 ☐☐

「これは 何ですか。」「鉛筆です。」

「這是什麼呢？」「鉛筆。」

注意：「なん」、「なに」的不同

　　A. 何「なん」

　　　1. 後面接著的音是タ行、ダ行、ナ行這三種。

　　　　例：1) あれは 何と 読みますか。（と＝タ行）

　　　　　　　那個怎麼讀呢？

　　　　　　2) これは 何て 読みますか。（て＝タ行）

　　　　　　　這個怎麼讀呢？

　　　　　　3) これは 何だ？（だ＝ダ行）

　　　　　　　這是什麼？

　　　　　　4) これは 何ですか。（で＝ダ行）

　　　　　　　這是什麼呢？

　　　　　　5) 何で 行きますか。（で＝ダ行）

　　　　　　　怎麼去呢？

　　　　　　6) それは 何の CDですか。（の＝ナ行）

　　　　　　　那是什麼的CD呢？

　　　2. 後面接數量詞（歲、時、杯、個、枚……）時。

　　　　例：そこに 本は 何冊 ありますか。（冊＝數量詞）

　　　　　　那裡有幾本書呢？

B. 何「なに」

除了上述A的1跟2之外，其餘都讀成「なに」。

例：何を 食べたいですか。 想要吃什麼呢？

---

2 どこ ❶ 哪裡 □□

「教室は どこですか。」「そこです。」

「教室在哪裡呢？」「在那裡。」

---

3 どちら ❶ 哪裡 □□

「電話は どちらに ありますか。」

「トイレの 隣に ありますよ。」

「電話在哪裡呢？」「在廁所旁邊有喔。」

注意：「どちら」是比「どこ」更客氣的說法。

---

4 どちら ❶ 哪一個 □□

「りんごと みかんと どちらが いいですか。」

「みかんの ほうが いいです。」

「蘋果跟橘子哪一個好呢？」「橘子比較好。」

---

5 どっち ❶ 哪一個 □□

「家の 鍵は どっちですか。」「こっちです。」

「家裡的鑰匙是哪一副呢？」「這一副。」

注意：「どちら」的口語用法是「どっち」。

「どちら」是兩個當中挑選一個的用語。

---

6 だれ ❶ 誰 □□

「あの 人は 誰ですか。」「田中さんの 奥さんですよ。」

「那個人是誰呢？」「是田中先生的太太哦。」

7 どなた ❶ 哪一位

「あの　方は　どなたですか。」「先生ですよ。」

「那位是哪一位呢？」「是老師哦。」

注意：「どなた」是比「誰」更客氣的說法。

　　　あの　人は　誰ですか。　那個人是誰呢？

　　　＝あの　方は　どなたですか。　那位是哪一位呢？

8 いつ ❶ 什麼時候

「旅行は　いつからですか。」「今週の　月曜日からです。」

「旅行從什麼時候開始呢？」「從這星期一開始。」

9 なんじ ❶【何時】　幾點

「今　何時ですか。」「9時です。」

「現在幾點呢？」「九點。」

🔊 MP3-68

10 なんがつ ❶【何月】　幾月

　　なんにち ❶【何日】　幾日

「誕生日は　何月何日ですか。」「7月11日です。」

「你的生日是幾月幾號呢？」「七月十一號。」

11 なんようび ❸【何曜日】　星期幾

「明日は　何曜日ですか。」「火曜日です。」

「明天星期幾呢？」「星期二。」

12 どれ ❶ 哪一個

「あなたの　本は　どれですか。」「これです。」

「你的書是哪一本呢？」「這本。」

13 どの ❷ 哪一個（どの＋名詞） ☐☐

「<u>どの</u> 人が あなたの お姉さんですか。」

「あの 人です。」

「哪一位是你的姊姊呢？」「那個人。」

注意：1.「どの」不能單獨使用，在後面一定要接名詞。是從三個以上的
東西或人做選擇的時候使用。

2.「どれ」是從三個以上的東西選一個的時候所使用。

---

14 いくら ❶ 多少錢 ☐☐

「すみません、これは <u>いくら</u>ですか。」「３００元ですよ。」

「不好意思，這個多少錢呢？」「三百元喔。」

---

15 どうして ❶ 為什麼 ☐☐

「<u>どうして</u> 昨日 学校を 休みましたか。」

「お腹が 痛かったですから。」

「為什麼昨天跟學校請假了呢？」「因為肚子痛。」

---

16 なぜ ❶ 為什麼 ☐☐

「<u>なぜ</u> 薬を 飲みますか。」「風邪ですから。」

「為什麼要吃藥呢？」「因為感冒。」

注意：用「どうして」（為什麼）、「なぜ」（為什麼）等提問，
可以用説明理由的「～から」（因為……）來回答。

---

17 どう ❶ 怎麼樣、如何 ☐☐

「旅行は <u>どう</u>でしたか。」「とても よかったです。」

「旅行如何呢？」「非常好。」

18 いかが ❷ **怎麼樣、如何**

「映画は　いかがでしたか。」「とても　面白かったです。」

「電影如何呢？」「非常有趣。」

注意：1.「いかが」也可表示「推薦」。

　　　　「コーヒーでも　いかがですか。」

　　　　「ありがとう　ございます。いただきます。」

　　　　「要喝杯咖啡什麼的嗎？」「謝謝。那就不客氣了。」

　　　2.「いかが」是比「どう」更客氣的說法。

19 どんな ❶ **什麼樣的（どんな＋名詞）**

「北海道は　どんな　所ですか。」

「食べ物が　おいしい　所ですよ。」

「北海道是怎麼樣的地方呢？」「是個食物很好吃的地方喔。」

注意：「どんな」後面一定要接名詞。

20 どのくらい ❶・どれくらい ❶ **多久、多少**

「ここから　台北まで　どのくらい　かかりますか。」

「車で　1時間ぐらい　かかります。」

「從這裡到臺北要多久時間呢？」「開車大概要花一小時左右。」

「1か月の　食費は　どれくらい　かかりますか。」

「1万元ぐらい　かかりますね。」

「一個月的伙食費要花多少呢？」「要一萬元左右呢。」

21 なんさい ❶ 【何歳】 幾歲 ☐☐

「陳さんは　何歳ですか。」「２５歳です。」

「陳先生幾歲呢？」「二十五歲。」

---

22 おいくつ ❶ 幾歲 ☐☐

「先生の　お子さんは　おいくつですか。」「今　5歳です。」

「老師的小孩幾歲呢？」「現在五歲。」

注意：「おいくつ」是比「何歳」更客氣的說法。

---

23 いくつ ❶ 幾個、幾歲 ☐☐

「りんごは　全部で　いくつ　ありますか。」

「いつつ　あります。」

「蘋果全部有幾顆呢？」「有五個。」

注意：「いくつ」可以表示「幾個」、「幾歲」的意思。用於表示
　　　「幾歲」時和「何歳」相同，也可用來問小孩年齡。
　　　「おいくつ」則是比「いくつ」、「何歳」更客氣的說法。

　　　例如：「今　いくつ？」「3歳。」
　　　　　　「現在幾歲？」「三歲。」

請依文意，將適當的疑問詞填入（　　　）中。

1.「ちんさんの　たんじょうびは　（　　　　）ですか。」

「12月7日です。」

2.「林さんの　かばんは　（　　　　）ですか。」

「あれです。」

3.「みかんを　（　　　　）　かいましたか。」

「ここのつ　かいました。」

4.「（　　　　）を　のみますか。」

「みずを　のみます。」

5.「この　くつは　（　　　　）ですか。」

「にせんごひゃくえんです。」

6.「きせつで　（　　　　）が　いちばん　すきですか。」

「なつが　いちばん　すきです。」

7.「たいぺいは　（　　　　）　ところですか。」

「にぎやかな　ところですよ。」

8.「（　　　　）　がっこうを　やすみましたか。」

「あたまが　いたかったですから。」

9.「周さんの　へやは　（　　　　）ですか。」

「ちいさいですが、きれいです。」

10.「（　　　　）　ひとが　せんせいですか。」

「あの　ひとです。」

11.「いつも　（　　　　）で　ごはんを　たべますか。」
　　「しょくどうで　たべます。」

12.「これは　（　　　　）の　かさですか。」
　　「わたしのです。」

13.「あれは　（　　　　）ですか。」
　　「ゆうびんきょくです。」

14.「おちゃと　コーヒーと　（　　　　）が　すきですか。」
　　「コーヒーの　ほうが　すきです。」

15.「だいがくは　（　　　　）ですか。」
　　「たいへんですが、おもしろいです。」

16.「かいぎしつに　（　　　　）が　いますか。」
　　「かちょうが　います。」

17.「びじゅつかんの　やすみは　（　　　　）ですか。」
　　「げつようびです。」

18.「いえから　えきまで　（　　　　）　かかりますか。」
　　「あるいて　じゅっぷんぐらいです。」

解答：1. いつ　　2. どれ　　3. いくつ　4. なに　　5. いくら　　6. いつ
　　　7. どんな　8. どうして　9. どう　　10. どの　11. どこ　　　12. だれ
　　　13. なん　14. どちら　15. どう　16. だれ　17. なんようび　18. どのくらい

1. 「陳さんの誕生日はいつですか。」「１２月７日です。」

　「陳先生的生日是什麼時候呢？」「十二月七號。」

2. 「林さんのかばんはどれですか。」「あれです。」

　「林小姐的包包是哪一個呢？」「那一個。」

3. 「みかんをいくつ買いましたか。」「９つ買いました。」

　「買了幾個橘子呢？」「買了九個。」

4. 「なにを飲みますか。」「水を飲みます。」

　「要喝什麼呢？」「喝水。」

5. 「このくつはいくらですか。」「２５００円です。」

　「這雙鞋多少錢呢？」「二千五百日圓。」

6. 「季節でいつが一番好きですか。」「夏が一番好きです。」

　「季節當中最喜歡什麼時候呢？」「最喜歡夏天。」

7. 「台北はどんなところですか。」「にぎやかなところですよ。」

　「臺北是怎樣的地方呢？」「是熱鬧的地方喔。」

8. 「どうして学校を休みましたか。」「頭が痛かったですから。」

　「為什麼跟學校請假了呢？」「因為頭很痛。」

9. 「周さんの部屋はどうですか。」「小さいですが、きれいです。」

　「周先生的房間如何呢？」「雖然小，但是很漂亮。」

10. 「どの人が先生ですか。」「あの人です。」

　「哪個人是老師呢？」「那個人。」

11.「いつも<u>どこ</u>でご飯を食べますか。」「食堂で食べます。」

「平常都在哪裡吃飯呢？」「在食堂吃。」

12.「これは<u>誰</u>の傘ですか。」「わたしのです。」

「這是誰的傘呢？」「是我的。」

13.「あれは<u>何</u>ですか。」「郵便局です。」

「那是什麼呢？」「是郵局。」

14.「お茶とコーヒーと<u>どちら</u>が好きですか。」

「コーヒーのほうが好きです。」

「茶和咖啡你喜歡哪一個呢？」「我比較喜歡咖啡。」

15.「大学は<u>どう</u>ですか。」「大変ですが、おもしろいです。」

「大學如何呢？」「很辛苦，但是很有趣。」

16.「会議室に<u>誰</u>がいますか。」「課長がいます。」

「有誰在會議室嗎？」「課長在。」

17.「美術館の休みは<u>何曜日</u>ですか。」「月曜日です。」

「美術館的休息日是星期幾呢？」「星期一。」

18.「家から駅まで<u>どのくらい</u>かかりますか。」

「歩いて10分ぐらいです。」

「從家裡到車站要花多久呢？」「走路十分鐘左右。」

1-6-2 接続詞（接續詞） 🔊 MP3-69

A：順接

1 そして **⓪** 而且、然後 □□

（表示並列）

陳さんは　きれいです。そして、やさしいです。

陳小姐很漂亮。而且，很溫柔。

（表示動作的順序）

来週　日本へ　行きます。そして、友達に　会います。

下星期要去日本。然後，要和朋友見面。

2 それから **⓪** （在那）之後、還有 □□

（表示並列）

りんごは　おいしいです。それから、体に　いいです。

蘋果很好吃。而且，對身體很好。

（表示動作的順序）

昼　プールで　泳ぎました。

それから、夕方　公園を　散歩しました。

早上在游泳池游了泳。然後，傍晚在公園散了步。

（表示追加）

ジュースを　買って　きて　ください。

それから、パンも　お願いします。

請買果汁過來。還有，麵包也麻煩了。

3 ですから ❶ 所以（表示原因、理由）　☐☐

明日から　試験が　始まります。

<u>ですから</u>、今日は　勉強しなければ　なりません。

從明天開始考試。所以，今天不讀書不行。

B：逆接

1 しかし ❷ 但是　☐☐

日本料理は　おいしいです。<u>しかし</u>、とても　高いです。

日本料理好吃。但是，很貴。

· ·

2 でも ❶ 但是　☐☐

アルバイトは　大変です。<u>でも</u>、頑張ります。

打工很辛苦。但是，會努力的。

· ·

3 が 但是　☐☐

昨日は　寒かったです<u>が</u>、今日は　暖かいです。

昨天很冷，但是今天很溫暖。

· ·

4 けど ❶ 但是　☐☐

日本語の　勉強は　難しいです<u>けど</u>、楽しいです。

學日文雖然很難，但是很開心。

注意：「でも」、「けど」用於「口語」；「しかし」用於「文章書寫」；
　　　 「が」則是「口語」和「文章書寫」時皆可使用。

1 じゃ ❶ 那麼 □□

<u>じゃ</u>、そろそろ　帰_{かえ}りますね。

那麼，差不多該回去了呢。

---

2 では ❶ 那麼 □□

もう　8時_{はちじ}ですね。<u>では</u>、すぐに　会議_{かいぎ}を　始_{はじ}めましょう。

已經八點了呢。那麼，馬上開始會議吧。

注意：「では」是比「じゃ」更客氣的説法。

練習問題 　請填入適當的接續詞。不能使用相同的接續詞。

　　　　　　が　　それから　　じゃ　　そして　　でも

1. にほんりょうりは　おいしいです。（　　　　）、たかいですから、
　あまり　たべません。

2. ごごは　がっこうへ　いきます。（　　　　）、ともだちと
　いっしょに　しゅくだいを　します。

3. 「ちょっと　スーパーへ　かいものに　いってきます。」
　「（　　　　）、わたしも　いっしょに　いきます。」

4. とうきょう、きょうと（　　　　）、おおさかへ　いった　ことが
　あります。

5. だいがくせいかつは　たいへんです（　　　　）、たのしいです。

解答：1. でも　2. それから　3. じゃ　4. そして　5. が

1. 日本料理はおいしいです。<u>でも</u>、高いですから、あまり食べません。

   日本料理很好吃。但是，因為很貴，所以不常吃。

2. 午後は学校へ行きます。<u>それから</u>、友達と一緒に宿題をします。

   下午去學校。然後，和朋友一起做功課。

3. 「ちょっとスーパーへ買い物に行ってきます。」

   「<u>じゃ</u>、わたしも一緒に行きます。」

   「我去一下超市買東西。」「那麼，我也一起去。」

4. 東京、京都<u>そして</u>、大阪へ行ったことがあります。

   東京、京都還有大阪，都去過。

5. 大学生活は大変です<u>が</u>、楽しいです。

   大學生活很辛苦，但是很快樂。

総合練習（總複習）

問題 1

1.「りんごは　（　　　）　ありますか。」「10　あります。」
　①なに　　　　　②いくつ　　　　③どれ　　　　　④どの

2.「おこさんは　（　　　）ですか。」「5さいです。」
　①なんこ　　　　②おいくつ　　　③いくら　　　　④なんにん

3.「きのうは　（　　　）　ねましたか。」
　「8じかんぐらい　ねました。」
　①どんな　　　　②どのぐらい　　③いくつ　　　　④どちら

4.「（　　　）　えいがが　すきですか。」
　「アメリカえいがが　すきです。」
　①どれ　　　　　②だれ　　　　　③いかが　　　　④どんな

5.「りょこうは　（　　　）でしたか。」
　「とても　たのしかったですよ。」
　①どう　　　　　②どんな　　　　③どの　　　　　④どうして

6.「すみません、トイレは　（　　　）ですか。」
　①どちら　　　　②どこか　　　　③どの　　　　　④どなた

7.「いつも　（　　　）で　かいものを　しますか。」
　「げんきスーパーで　かいものを　します。」
　①どこ　　　　　②どんな　　　　③どう　　　　　④どの

8.「きのうは　（　　　）　がっこうを　やすみましたか。」

　「おなかが　いたかったですから。」

　　①どのぐらい　　②どうして　　　③どうやって　　④どんな

9.「せんせいは　やさしいです。（　　　）、きれいです。」

　　①そして　　　　②しかし　　　③でも　　　　④じゃ

10.「あさ　がっこうへ　いきました。（　　　）、ゆうがた

　　アルバイトを　しました。」

　　①しかし　　　②それから　　　③じゃ　　　　④ですから

解答：1.②　2.②　3.②　4.④　5.①　6.①　7.①　8.②　9.①　10.②

問題解析 1

1.「りんごは<u>いくつ</u>ありますか。」「<ruby>10<rt>とお</rt></ruby>あります。」

　「有幾個蘋果呢？」「有十個。」

2.「お<ruby>子<rt>こ</rt></ruby>さんは<u>おいくつ</u>ですか。」「<ruby>5歳<rt>ごさい</rt></ruby>です。」

　「小孩幾歲呢？」「五歲。」

3.「<ruby>昨日<rt>きのう</rt></ruby>は<u>どのぐらい</u><ruby>寝<rt>ね</rt></ruby>ましたか。」「<ruby>8時間<rt>はちじかん</rt></ruby>ぐらい<ruby>寝<rt>ね</rt></ruby>ました。」

　「昨天睡了多久呢？」「大概睡了八小時」

4.「<u><ruby>どんな映画<rt>えいが</rt></ruby></u>が<ruby>好<rt>す</rt></ruby>きですか。」「アメリカ<ruby>映画<rt>えいが</rt></ruby>が<ruby>好<rt>す</rt></ruby>きです。」

　「喜歡怎樣的電影呢？」「喜歡美國的電影。」

5.「<ruby>旅行<rt>りょこう</rt></ruby>は<u>どう</u>でしたか。」「とても<ruby>楽<rt>たの</rt></ruby>しかったですよ。」

　「旅行如何呢？」「非常開心喔。」

6.「すみません、トイレは<u>どちら</u>ですか。」

「不好意思，廁所在哪裡呢？」

7.「いつも<u>どこ</u>で買い物をしますか。」

「元気スーパーで買い物をします。」

「平常都在哪裡買東西呢？」「都在元氣超市買東西。」

8.「昨日は<u>どうして</u>学校を休みましたか。」

「お腹が痛かったですから。」

「為什麼昨天沒有來學校呢？」「因為肚子痛。」

9.「先生はやさしいです。<u>そして</u>、きれいです。」

「老師很溫柔。而且，很漂亮。」

10.「朝学校へ行きました。<u>それから</u>、夕方アルバイトをしました。」

「早上去了學校。然後，傍晚去打工了。」

問題 2

1. ＿＿＿ ＿★＿ ＿＿＿ ＿＿＿ か。

①きます　　　②いつも　　　③がっこうへ　　④なんで

2. ＿＿＿ ＿＿＿ ＿★＿ ＿＿＿ か。

①大阪まで　　②どのぐらい　　③かかります　　④東京から

3. ＿＿＿ ＿＿＿ ＿★＿ ＿＿＿。

①も　　　　　②いません　　　③きょうしつに　④だれ

4. _____ ____★___ _____ _____ か。

　　①どこ　　　②あした　　　③か　　　　　④いきます

5. _____ _____ ___★___ _____ か。

　　①きのうは　　②どうして　　③かえりました　④はやく

....

解答：1. ④　2. ②　3. ①　4. ①　5. ④

問題解析 2

1. いつも<ruby>何<rt>なん</rt></ruby>で<ruby>学校<rt>がっこう</rt></ruby>へ<ruby>来<rt>き</rt></ruby>ますか。　平常都怎麼來學校的呢？

2. <ruby>東京<rt>とうきょう</rt></ruby>から<ruby>大阪<rt>おおさか</rt></ruby>までどのくらいかかりますか。

　　從東京到大阪要花多久時間呢？

3. <ruby>教室<rt>きょうしつ</rt></ruby>に<ruby>誰<rt>だれ</rt></ruby>もいません。　誰也不在教室裡。

4. <ruby>明日<rt>あした</rt></ruby>どこか<ruby>行<rt>い</rt></ruby>きますか。　明天要去哪裡嗎？

5. <ruby>昨日<rt>きのう</rt></ruby>はどうして<ruby>早<rt>はや</rt></ruby>く<ruby>帰<rt>かえ</rt></ruby>りましたか。　為什麼昨天提早回家了呢？

かんじ
漢字（漢字）

　　漢字往往也是考生最容易混淆的細節。本章分成「漢字讀音的讀法」、「外型相似的漢字」、「容易發錯音的單字」、「其他（特殊漢字的讀音、容易用錯的動詞用法、意思相近的單字、同字但不同音意）」等類別。詳盡的漢字比較、說明，有效助您釐清盲點，建立最正確的觀念！

2-1 漢字の読み方（漢字讀音的讀法）

🔊 MP3-70

1 今

今　：今　何時ですか。

現在幾點呢？

今日：今日は　何曜日ですか。

今天是星期幾呢？

今月：今月　日本へ　行きます。

這個月要去日本。

今年：今年で　２１歳です。

今年二十一歲。

2 来

来ます：明日　来ますか。

明天會來嗎？

来る　：陳さんは　明日も　来るかも　しれません。

陳先生明天説不定會來。

来ない：まだ　来ないです。

還沒來。

来年　：来年　日本へ　行きます。

明年要去日本。

3 年 ☐ ☐

年：<ruby>年<rt>とし</rt></ruby>を　<ruby>取<rt>と</rt></ruby>りました。

年紀大了。

年：3<ruby>年<rt>ねん</rt></ruby><ruby>前<rt>まえ</rt></ruby>に　<ruby>結婚<rt>けっこん</rt></ruby>しました。

在三年前結婚了。

4 日 ☐ ☐

日：<ruby>今日<rt>きょう</rt></ruby>は　<ruby>忙<rt>いそが</rt></ruby>しい　<ruby>日<rt>ひ</rt></ruby>です。

今天是很忙的一天。

日：<ruby>今日<rt>きょう</rt></ruby>は　わたしの　<ruby>誕生<rt>たんじょう</rt></ruby><ruby>日<rt>び</rt></ruby>です。

今天是我的生日。

日：<ruby>昨日<rt>きのう</rt></ruby>は　<ruby>日曜<rt>にちよう</rt></ruby><ruby>日<rt>び</rt></ruby>でした。

昨天是星期日。

5 人 ☐ ☐

人：あの　<ruby>人<rt>ひと</rt></ruby>は　<ruby>誰<rt>だれ</rt></ruby>ですか。

那個人是誰呢？

人：わたしは　<ruby>台湾<rt>たいわん</rt></ruby><ruby>人<rt>じん</rt></ruby>です。

我是台灣人。

人：わたしの　<ruby>家族<rt>かぞく</rt></ruby>は　5<ruby>人<rt>にん</rt></ruby>です。

我的家庭是五個人。

6 外 □□

外：<u>外</u>に　猫が　います。

外面有貓。

外：<u>外</u>国へ　行つた　ことが　ありません。

沒有去過國外。

- -

7 家 □□

家：わたしの　<u>家</u>は　古いです。

我家很老舊。

家：陳さんの　<u>家</u>は　大きいです。

陳先生的家很大。

注意：家有「いえ」和「うち」二種讀法，但意思不太一樣。
嚴格説來，「いえ」強調建築物，「うち」強調家族。

家：実<u>家</u>は　北海道です。

我的老家在北海道。

- -

8 方 □□

方　：これが　一番　いい　<u>方</u>法だと　思います。

我認為這是最好的方法。

方　：あの　<u>方</u>は　田中さんです。

那個人是田中先生。

一方：ここは　一<u>方</u>通行です。

這裡是單行道。

9 母

母　　　：わたしの　母は　優しいです。

　　　　　我的媽媽很溫柔。

お母さん：陳さんの　お母さんは　きれいですね。

　　　　　陳先生的母親很漂亮呢。

練習問題 1

1. 今日は　あついです。

　①いま　　　　　②きょう　　　　③きゅう　　　④こんひ

2. ちんさんは　らいしゅう　たいわんに　来ると　おもいます。

　①きる　　　　　②くる　　　　　③こる　　　　④する

3. きょうは　ちちの　たんじょう日です。

　①にち　　　　　②ひ　　　　　　③び　　　　　④につ

4. にほんじんの　せんせいが　3人　います。

　①にん　　　　　②じん　　　　　③ひと　　　　④れん

5. 外国へ　行った　ことが　ありません。

　①かいこく　　　②がいこく　　　③そとくに　　④かいくに

6. あの　方は　どなたですか。

　①ほう　　　　　②ぽう　　　　　③かた　　　　④ひと

解答：1.②　2.②　3.③　4.①　5.②　6.③

1. <ruby>今日<rt>きょう</rt></ruby>は<ruby>暑<rt>あつ</rt></ruby>いです。　今天很熱。

2. <ruby>陳<rt>ちん</rt></ruby>さんは<ruby>来週台湾<rt>らいしゅうたいわん</rt></ruby>に<ruby>来<rt>く</rt></ruby>ると<ruby>思<rt>おも</rt></ruby>います。　我想陳先生下個星期會來臺灣。

3. <ruby>今日<rt>きょう</rt></ruby>は<ruby>父<rt>ちち</rt></ruby>の<ruby>誕生日<rt>たんじょうび</rt></ruby>です。　今天是爸爸的生日。

4. <ruby>日本人<rt>にほんじん</rt></ruby>の<ruby>先生<rt>せんせい</rt></ruby>が 3 <ruby>人<rt>さんにん</rt></ruby>います。　日籍老師有三人。

5. <ruby>外国<rt>がいこく</rt></ruby>へ<ruby>行<rt>い</rt></ruby>ったことがありません。　沒有去過國外。

6. あの<ruby>方<rt>かた</rt></ruby>はどなたですか。　那位是誰呢？

10 父

父　　　：<u>父</u>は　エンジニアです。

我爸爸是工程師。

お父さん：林さんの　お<u>父</u>さんは　おいくつですか。

陳先生的父親貴庚呢？

---

11 兄

兄　　　：<u>兄</u>は　今　アメリカに　住んで　います。

哥哥目前住在美國。

お兄さん：周さんの　お<u>兄</u>さんは　結婚して　いますか。

周先生的哥哥結婚了嗎？

---

12 姉

姉　　　：<u>姉</u>は　デパートで　働いて　います。

姊姊在百貨公司工作。

お姉さん：陳さんは　お<u>姉</u>さんが　いますか。

陳先生有姊姊嗎？

---

13 手

手：林さんから　<u>手</u>紙を　もらいました。

收到了林先生寄來的信。

<u>手</u>が　とても　冷たいです。

手非常冰。

手：日本の　歌<u>手</u>で　誰が　一番　好きですか。

日本歌手當中，最喜歡誰呢？

14 月

月：月曜日は 休みです。

星期一放假。

日本語を 3か月 勉強しました。

日文學習了三個月。

月：今日の 月は とても きれいです。

今天的月亮非常漂亮。

月：1月に 日本へ 行きます。

一月要去日本。

15 四

四：切手を 四枚 ください。

請給我四張郵票。

四：四月から 学校が 始まります。

學校四月開學。

四：今 大学 四年生です。

現在是大學四年級。

16 九

九：わたしの 子供は 九歳です。

我的小孩九歲。

九：今 九時です。

現在九點。

17 金 □ □

金：明日は　金曜日です。

明天是星期五。

金：お金が　ありません。

沒有錢。

18 水 □ □

水：すみませんが、水を　ください。

不好意思，請給我水。

水：今日は　水曜日です。

今天是星期三。

19 教 □ □

教　　：わたしは　日本語の　教師です。

我是日文老師。

教える：電話番号を　教えて　ください。

請告訴我電話號碼。

1. 歌手に　なりたいです。

　　①て　　　　　　②しゅ　　　　　③そう　　　　　④ちゅ

2. 3月に　けっこんします。

　　①つき　　　　　②げつ　　　　　③がつ　　　　　④にち

3. いま　四時です。

　　①よん　　　　　②よ　　　　　　③し　　　　　　④よっ

4. しゅみは　水泳です。

　　①みずえい　　　②およぎ　　　　③すいえい　　　④みずぎ

5. ちちは　えいごの　教師です。

　　①きょし　　　　②きょおし　　　③せんせい　　　④きょうし

解答：1.②　2.③　3.②　4.③　5.④

1. 歌手になりたいです。　想成為歌手。
　　か しゅ

2. 3月に結婚します。　三月要結婚。
　　さんがつ　けっこん

3. 今四時です。　現在四點。
　　いま よ じ

4. 趣味は水泳です。　興趣是游泳。
　　しゅ み　すいえい

5. 父は英語の教師です。　爸爸是英文教師。
　　ちち えい ご　きょう し

20 大

大_{だい}　　　：兄_{あに}は　大学生_{だいがくせい}です。

哥哥是大學生。

大_{おお}きい：陳さんは　林_{りん}さんより　大_{おお}きいです。

陳先生比林先生大。

大_{たい}　　　：この　仕事_{しごと}は　大変_{たいへん}です。

這個工作很辛苦。

21 店

店_{みせ}：いつも　この　店_{みせ}で　パンを　買_かいます。

我總是在這家店買麵包。

店_{てん}：店長_{てんちょう}は　優_{やさ}しい　人_{ひと}です。

店長是溫柔的人。

22 上

上_{うえ}：机_{つくえ}の　上_{うえ}に　雑誌_{ざっし}が　あります。

桌子上有雜誌。

上_{じょう}：母_{はは}は　料理_{りょうり}が　上手_{じょうず}です。

媽媽很會做菜。

23 物

物_{もの}：一番_{いちばん}　好_すきな　果物_{くだもの}は　何_{なん}ですか。

最喜歡的水果是什麼呢？

物_{ぶつ}：動物園_{どうぶつえん}へ　行_いきたいです。

想要去動物園。

24 便

便：この かばんは とても 便利です。

這個包包非常方便。

便：郵便局は ここです。

郵局在這裡。

25 入

入る ：お風呂に 入ります。

洗澡。

入れる：コーヒーに 砂糖と ミルクを 入れます。

把砂糖和牛奶加到咖啡裡。

入り ：ここは 入り口です。

這裡是入口。

入 ：まだ 入国して いません。

還沒入境。

26 出

出る：おつりが 出ません。

沒有找錢。

出す：レポートを 出しましたか。

報告交了嗎？

出 ：ここは 出口です。

這裡是出口。

出 ：もう 出国しました。

已經出國了。

27 前

前：3年前に 台湾へ 来ました。

三年前來到了臺灣。

前：授業は 午前 9時に 始まります。

課程是從早上九點開始。

28 後

後ろ：わたしの 後ろに 陳さんが います。

我的後面有陳先生。

後 ：今 忙しいですから、後で 来て ください。

現在很忙，所以請之後再來。

後 ：陳さんは わたしの 後輩です。

陳同學是我的學弟（學妹）。

後 ：午後 3時に 会いましょう。

下午三點見吧。

29 海

海：週末 海へ 行きませんか。

週末要不要去海邊呢？

海：海外旅行に 行きたいです。

想去國外旅行。

1. しごとは　大変ですが、おもしろいです。
   ①たい　　　　　②だい　　　　　③おお　　　　　④おう

2. あの　店へ　いきませんか。
   ①てん　　　　　②みせ　　　　　③や　　　　　　④でん

3. 果物で　りんごが　いちばん　すきです。
   ①ぶつ　　　　　②もの　　　　　③ぶっ　　　　　④う

4. 郵便局は　どこですか。
   ①ゆうべん　　　②ゆうべ　　　　③ゆうびん　　　④ゆうぶん

5. 後で、かいぎが　あります。
   ①こう　　　　　②ご　　　　　　③うしろ　　　　④あと

解答：1.①　2.②　3.②　4.③　5.④

問題解析 3

1. 仕事は大変ですが、面白いです。　工作雖然辛苦，但很有趣。

2. あの店へ行きませんか。　要不要去那家店呢？

3. 果物でりんごが一番好きです。　水果之中我最喜歡蘋果。

4. 郵便局はどこですか。　郵局在哪裡呢？

5. 後で、会議があります。　之後有會議。

🔊 MP3-73

30 事 ☐☐

事：自分で　できる事は　自分で　やりましょう。

自己能做到的事就自己做吧！

事：仕事を　して　いません。

沒有工作。

事：用事が　ありますから、帰ります。

因為有事，所以要回去了。

31 道 ☐☐

道：この　道を　まっすぐ　行って　ください。

請直走這條路。

道：この　道路は　広いです。

這條路很寬闊。

32 洗 ☐☐

洗う：靴を　洗います。

洗鞋子。

洗濯：今日は　天気が　いいですから、洗濯しましょう。

今天天氣很好，來洗衣服吧。

33 所 ☐☐

所：大阪は　にぎやかな　所です。

大阪是熱鬧的地方。

所：ここが　わたしが　働いて　いる　場所です。

這是我工作的地方。

34 国

国：<ruby>国<rt>くに</rt></ruby>で　<ruby>日本語<rt>にほん ご</rt></ruby>を　<ruby>1年<rt>いちねん</rt></ruby>　<ruby>勉強<rt>べんきょう</rt></ruby>しました。

在國內讀了一年的日文。

国：<ruby>外国<rt>がいこく</rt></ruby>へ　<ruby>行<rt>い</rt></ruby>きたいです。

想去國外。

国：<ruby>中国人<rt>ちゅうごくじん</rt></ruby>の　<ruby>友達<rt>ともだち</rt></ruby>が　<ruby>来<rt>き</rt></ruby>ました。

中國的朋友來了。

35 会

<ruby>会<rt>あ</rt></ruby>う：<ruby>昨日<rt>きのう</rt></ruby>　<ruby>友達<rt>ともだち</rt></ruby>に　<ruby>会<rt>あ</rt></ruby>いました。

昨天跟朋友見面了。

<ruby>会<rt>かい</rt></ruby>　：<ruby>会議<rt>かい ぎ</rt></ruby>は　<ruby>午後<rt>ご ご</rt></ruby>　<ruby>2時<rt>にじ</rt></ruby>からです。

會議是下午二點開始。

36 山

山：<ruby>山<rt>やま</rt></ruby>に　<ruby>登<rt>のぼ</rt></ruby>ります。

登山。

山：<ruby>富士山<rt>ふじ さん</rt></ruby>は　<ruby>有名<rt>ゆうめい</rt></ruby>です。

富士山很有名。

37 切

<ruby>切手<rt>きって</rt></ruby>：<ruby>切手<rt>きって</rt></ruby>を　<ruby>5枚<rt>ごまい</rt></ruby>　ください。

請給我五張郵票。

<ruby>切<rt>き</rt></ruby>る：りんごを　<ruby>切<rt>き</rt></ruby>ります。

切蘋果。

<ruby>切<rt>せつ</rt></ruby>　：ここは　<ruby>大切<rt>たいせつ</rt></ruby>です。

這邊很重要。

38 時　　　　　　　　　　　　　　□ □

時：こどもの　時、日本へ　行きました。

孩提時，去了日本。

時：時間が　ありません。

沒時間了。

39 間　　　　　　　　　　　　　　□ □

間：本屋と　郵便局の　間に　花屋が　あります。

書店和郵局之間有花店。

間：今　時間が　ありますか。

現在有時間嗎？

40 図　　　　　　　　　　　　　　□ □

図：地図を　見せて　ください。

請給我看地圖。

図：図書館は　午前　8時からです。

圖書館早上八點開始。

1. あした　あう　場所を　おしえて　ください。
　　①ところ　　　　　②しゅ　　　　　③しょ　　　　　④どころ

2. らいしゅう　国へ　かえります。
　　①こく　　　　　　②くに　　　　　③にく　　　　　④ごく

3. かぞくは　大切です。
　　①きり　　　　　　②きっ　　　　　③せつ　　　　　④せっ

4. デパートと　レストランの　間に　ぎんこうが　あります。
　　①かん　　　　　　②ま　　　　　　③けん　　　　　④あいだ

5. 地図を　かいました。
　　①と　　　　　　　②ど　　　　　　③ず　　　　　　④づ

解答：1. ③　2. ②　3. ③　4. ④　5. ③

1. 明日会う場所を教えてください。　請告訴我明天見面的地方。

2. 来週国へ帰ります。　下星期歸國。

3. 家族は大切です。　家人很重要。

4. デパートとレストランの間に銀行があります。

　在百貨公司和餐廳之間有銀行。

5. 地図を買いました。　買了地圖。

41 歩　☐☐

歩く：毎日　公園を　歩いて　います。

　　　　毎天在公園散步。

歩　：散歩しませんか。

　　　　要不要散步呢？

---

42 話　☐☐

話：先生の　話は　長いです。

　　　老師講話講很久。

話：会話の　授業は　難しいです。

　　　會話課很難。

---

43 安　☐☐

安：日本は　安全な　国です。

　　　日本是安全的國家。

安：この　かばんは　安いです。

　　　這個包包很便宜。

---

44 帰　☐☐

帰る：そろそろ　帰ります。

　　　　差不多該回家了。

帰　：来週　帰国します。

　　　　下星期回國。

45 見

見る：テレビを　見ます。

　　　　看電視。

見　：ここを　見学しましょう。

　　　　參觀這裡吧！

---

46 食

食べる：ご飯を　食べます。

　　　　吃飯。

食　：食事に　行きませんか。

　　　　要不要去吃飯呢？

---

47 音

音：大きい　音ですね。

　　　很大的聲響呢。

音：音楽を　聞きます。

　　　聽音樂。

---

48 習

習う：今　日本語を　習って　います。

　　　　現在正在學日文。

習　：運動する　習慣が　ありません。

　　　　沒有運動的習慣。

49 体

体：野菜は 体に いいです。
<small>からだ</small>　<small>や さい</small>　<small>からだ</small>

蔬菜對身體很好。

体：体育の クラスが 嫌いです。
<small>たい</small>　<small>たいいく</small>　　　　　<small>きら</small>

討厭上體育課。

50 車

車：車を 運転します。
<small>くるま</small>　<small>くるま</small>　<small>うんてん</small>

開車。

車：これは 父の 自動車です。
<small>しゃ</small>　　　　　<small>ちち</small>　<small>じ どうしゃ</small>

這是爸爸的車子。

練習問題 5

1. 安全に うんてんして ください。
　①やす　　　　②かん　　　　③ばん　　　　④あん

2. にほんの がっこうを 見学 しました。
　①みる　　　　②み　　　　③けん　　　　④げん

3. あの 音は なんですか。
　①おん　　　　②おと　　　　③いん　　　　④こえ

4. さんぽは わたしの 習慣です。
　①なら　　　　②しゃう　　　　③しょう　　　　④しゅう

5. あした　体育の　じゅぎょうが　あります。
　　①からだ　　　　　②てい　　　　　③たい　　　　　④ほん

解答：1.④　2.③　3.②　4.④　5.③

問題解析 5

1. 安全に運転してください。　請小心開車。
あんぜん　うんてん

2. 日本の学校を見学しました。　參觀了日本的學校。
にほん　がっこう　けんがく

3. あの音は何ですか。　那是什麼聲音啊？
おと　なん

4. 散歩はわたしの習慣です。　散歩是我的習慣。
さんぽ　しゅうかん

5. 明日体育の授業があります。　明天有體育課。
あした　たいいく　じゅぎょう

51 楽 ☐☐

<ruby>楽<rt>らく</rt></ruby> ：この <ruby>仕事<rt>しごと</rt></ruby>は　とても　<ruby>楽<rt>らく</rt></ruby>です。

這個工作非常輕鬆。

<ruby>楽<rt>たの</rt></ruby>しい：<ruby>旅行<rt>りょこう</rt></ruby>は　<ruby>楽<rt>たの</rt></ruby>しいです。

旅行很開心。

<ruby>楽<rt>がく</rt></ruby> ：どんな　<ruby>音楽<rt>おんがく</rt></ruby>が　<ruby>好<rt>す</rt></ruby>きですか。

喜歡哪種音樂呢？

---

52 降 ☐☐

<ruby>降<rt>ふ</rt></ruby>る ：<ruby>雨<rt>あめ</rt></ruby>が　<ruby>降<rt>ふ</rt></ruby>ります。

下雨。

<ruby>降<rt>お</rt></ruby>りる：ここで　バスを　<ruby>降<rt>お</rt></ruby>ります。

在這邊下公車。

---

53 作 ☐☐

<ruby>作<rt>つく</rt></ruby>る：これは　わたしの　<ruby>母<rt>はは</rt></ruby>が　<ruby>作<rt>つく</rt></ruby>った　<ruby>服<rt>ふく</rt></ruby>です。

這是我媽媽做的衣服。

<ruby>作<rt>さく</rt></ruby> ：<ruby>日本語<rt>にほんご</rt></ruby>で　<ruby>作文<rt>さくぶん</rt></ruby>を　<ruby>書<rt>か</rt></ruby>きます。

用日文寫作文。

<ruby>作<rt>さ</rt></ruby> ：<ruby>作業<rt>さぎょう</rt></ruby>が　<ruby>遅<rt>おそ</rt></ruby>いです。

工作進度慢。

54 牛 □ □

牛：あれは　<ruby>牛<rt>うし</rt></ruby>ですよ。

那隻是牛喔。

牛：<ruby>牛<rt>ぎゅう</rt></ruby><ruby>乳<rt>ぎゅうにゅう</rt></ruby>が　<ruby>飲<rt>の</rt></ruby>みたいです。

想喝牛奶。

55 書 □ □

<ruby>書<rt>か</rt></ruby>く：ここに　<ruby>名前<rt>なまえ</rt></ruby>を　<ruby>書<rt>か</rt></ruby>いて　ください。

請在這裡簽名。

<ruby>書<rt>しょ</rt></ruby>　：<ruby>辞書<rt>じしょ</rt></ruby>を　<ruby>貸<rt>か</rt></ruby>して　ください。

請借我字典。

56 強 □ □

<ruby>強<rt>つよ</rt></ruby>い：<ruby>今日<rt>きょう</rt></ruby>は　<ruby>風<rt>かぜ</rt></ruby>が　<ruby>強<rt>つよ</rt></ruby>いです。

今天風很大。

<ruby>強<rt>きょう</rt></ruby>　：<ruby>毎日<rt>まいにち</rt></ruby>　３<ruby>時間<rt>さんじかん</rt></ruby>　<ruby>勉強<rt>べんきょう</rt></ruby>して　います。

每天讀書三個小時。

57 中 □ □

<ruby>中<rt>なか</rt></ruby>：<ruby>冷蔵庫<rt>れいぞうこ</rt></ruby>の　<ruby>中<rt>なか</rt></ruby>に　ビールが　３<ruby>本<rt>さんぼん</rt></ruby>　あります。

冰箱有三瓶啤酒。

<ruby>中<rt>ちゅう</rt></ruby>：<ruby>今<rt>いま</rt></ruby>　<ruby>電話<rt>でんわ</rt></ruby><ruby>中<rt>ちゅう</rt></ruby>です。

現在正在電話中。

<ruby>中<rt>じゅう</rt></ruby>：これは　<ruby>日本<rt>にほん</rt></ruby><ruby>中<rt>じゅう</rt></ruby>で　<ruby>有名<rt>ゆうめい</rt></ruby>です。

這在日本很有名。

58 木

木：<u>木</u>の　下に　猫が　います。

樹下有貓。

木：日本語の　クラスは　<u>木</u>曜日です。

日文課在星期四。

1. 音<u>楽</u>が　すきです。

　①たのしい　　　②がく　　　　　③らく　　　　　④かく

2. <u>作</u>文の　しゅくだいが　あります。

　①つく　　　　　②さ　　　　　　③さく　　　　　④ぞう

3. <u>牛</u>を　みたことが　ありません。

　①ぎゅう　　　　②なま　　　　　③せい　　　　　④うし

4. かぜが　<u>強</u>く　なりました。

　①きょう　　　　②つよ　　　　　③よわ　　　　　④わる

解答：1. ②　2. ③　3. ④　4. ②

1. 音楽が好きです。　喜歡音樂。

2. 作文の宿題があります。　有作文的功課。

3. 牛を見たことがありません。　沒有看過牛。

4. 風が強くなりました。　風變強了。

1 犬 大 太 木　　　　□ □

2 電 雪 曇 雨　　　　□ □

3 牛 午 朱 昨　　　　□ □

4 住 往 主 注　　　　□ □

5 休 体 本 木　　　　□ □

6 間 関 門 開　　　　□ □

7 長 良 食 会　　　　□ □

8 金 釜 全 合　　　　□ □

9 図 伺 司 困　　　　□ □

10 更 便 硬 車　　　　□ □

11 会 合 今 金　　　　□ □

12 本 木 大 林　　　　□ □

13 右 石 左 佐　　　　□ □

14 自 目 白 日　　　　□ □

第二章 漢字

1. この　いぬは　かわいいですね。

    ①犬　　　　　②大　　　　　③太　　　　　④木

2. たいわんに　すんで　います。

    ①注　　　　　②往　　　　　③主　　　　　④住

3. ここで　ちょっと　やすみましょう。

    ①本　　　　　②体　　　　　③休　　　　　④木

4. としょかんは　この　ビルと　ほんやの　あいだに　あります。

    ①間　　　　　②関　　　　　③門　　　　　④開

5. ちんさんは　かみが　ながいです。

    ①良　　　　　②長　　　　　③食　　　　　④会

6. きょうは　もくようびです。

    ①木　　　　　②本　　　　　③大　　　　　④林

7. ほんやの　ひだりに　はなやが　あります。

    ①右　　　　　②石　　　　　③左　　　　　④佐

8. その　しろい　かばんを　ください。

    ①自　　　　　②目　　　　　③日　　　　　④白

解答：1.①　2.④　3.③　4.①　5.②　6.①　7.③　8.④

1. この犬はかわいいですね。　這隻狗真可愛呢。
<small>いぬ</small>

2. 台湾に住んでいます。　住在臺灣。
<small>たいわん</small> <small>す</small>

3. ここでちょっと休みましょう。　在這稍微休息一下吧。
<small>やす</small>

4. 図書館はこのビルと本屋の間にあります。
<small>としょかん</small> <small>ほん や</small> <small>あいだ</small>

　圖書館就在這棟大樓和書店的中間。

5. 陳さんは髪が長いです。　陳小姐的頭髮很長。
<small>ちん</small> <small>かみ</small> <small>なが</small>

6. 今日は木曜日です。　今天是星期四。
<small>きょう</small> <small>もくようび</small>

7. 本屋の左に花屋があります。　在書店的左邊有花店。
<small>ほん や</small> <small>ひだり</small> <small>はな や</small>

8. その白いかばんをください。　請給我那個白色的包包。
<small>しろ</small>

2-3 間違いやすい発音の単語（容易發錯音的單字）

　　以下精選了特別容易發錯音的單字。小心留意濁音、半濁音、促音、拗音、鼻音等，並記起來吧！

🔊 MP3-76

1 あたま ❸ ❷【頭】頭　　　　　　　　　　　　　□□

　　×あだま

2 あなた ❷　你　　　　　　　　　　　　　　　　□□

　　×あなだ

3 いしゃ ❶【医者】醫生　　　　　　　　　　　　□□

　　×いしゅ

4 えんぴつ ❶【鉛筆】鉛筆　　　　　　　　　　　□□

　　×えんびつ

5 おと ❷【音】聲音　　　　　　　　　　　　　　□□

　　×おど

6 おとうさん ❷【お父さん】父親　　　　　　　　□□

　　×おどうさん　×おとおさん　×おとさん

7 おとうと ❹【弟】弟弟　　　　　　　　　　　　□□

　　×おとと　×おとおと　×おうとうと

8 おなか ⓿ 【お腹】 肚子

   ✕おなが

9 がいこくじん ❹ 外国人

   ✕がいこくじ　✕がいごくじん　✕がいこくにん

10 かいじょう ⓿ 【会場】 會場

   ✕かいじゅう

11 がっこう ⓿ 【学校】 學校

   ✕がっこ

12 きっさてん ⓿ 【喫茶店】 茶館、咖啡館

   ✕きさてん　✕きっさでん

13 きっぷ ⓿ 【切符】 票

   ✕きっぶ

14 ぎゅうにく ⓿ 【牛肉】 牛肉

   ✕びょうにく

15 ぎゅうにゅう ⓿ 【牛乳】 牛奶

   ✕ぎゅにゅう　✕ぎゅうにょう　✕ぎゅうにゅ

16 きょうだい ❶ 【兄弟】 兄弟姉妹

   ✕きゅうだい　✕きゅうだ

17 きょねん ❶ 【去年】 去年

   ✕きゅねん　✕きゅうねん

18 くうこう **⓪** 【空港】 機場 ☐☐

　　✕くこう

19 けっこん **⓪** 【結婚】 結婚 ☐☐

　　✕けこん　✕けっごん　✕げっこん

20 こたえ **❷** 【答え】 答案 ☐☐

　　✕こだえ

21 こうばん **⓪** 【交番】 派出所 ☐☐

　　✕こばん　✕こうぱん

22 さとう **❷** 【砂糖】 砂糖 ☐☐

　　✕さどう

23 さんぽ **⓪** 【散歩】 散歩 ☐☐

　　✕さんぼ

24 しりょう **❶** 【資料】 資料 ☐☐

　　✕しりゃう　✕しりょ

25 しんぶん **⓪** 【新聞】 報紙 ☐☐

　　✕しんぶ　✕しんぷん

26 しゅくだい **⓪** 【宿題】 功課 ☐☐

　　✕しょくだい

27 じしょ **❶** 【辞書】 字典 ☐☐

　　✕じしゅ　✕じいしょ

28 じてんしゃ ❷【自転車】 脚踏車　☐☐

　　✗じでんしゃ

29 じゅぎょう ❶【授業】 上課　☐☐

　　✗じゅぎょ　✗じょぎょお

30 せんたく ❹【洗濯】 洗衣服　☐☐

　　✗せんだく　✗せんたぐ

31 せっけん ❶【石鹸】 肥皂　☐☐

　　✗せけん　✗せっげん

32 たばこ ❶【煙草】 菸　☐☐

　　✗たばご　✗たぱこ

33 ちゅうもん ❶【注文】 點餐　☐☐

　　✗ちょうもん

34 つとめます ❹【勤めます】 工作　☐☐

　　✗つどめます

35 てんらんかい ❸【展覧会】 展覽會　☐☐

　　✗てらかい

36 でんしゃ ❶【電車】 電車　☐☐

　　✗てんしゃ

37 とけい ❶【時計】 時鐘　☐☐

　　✗とけえ　✗とけ

38 としょかん ❷【図書館】 圖書館 ☐☐
　　✕としゅかん　✕どしょかん

39 どうぶつ ❶【動物】　動物 ☐☐
　　✕どうぷつ　✕どぶつ

40 のぼります ❹【登ります】 爬 ☐☐
　　✕のぽります

41 はたらきます ❺【働きます】 工作、勞動 ☐☐
　　✕はだらきます

42 はじめて ❷【初めて】 第一次 ☐☐
　　✕はじめで

43 ばんごう ❸【番号】 號碼 ☐☐
　　✕ばんご　✕ばんこう

44 ひこうき ❷【飛行機】 飛機 ☐☐
　　✕ひこき　✕ひいこき

45 びょういん ❶【病院】 醫院 ☐☐
　　✕びゅういん　✕びょいん　✕びゅいん

46 ふうとう ❶【封筒】　信封 ☐☐
　　✕ふうと　✕ふとう　✕ふうどう

47 りょうしん ❶【両親】 雙親 ☐☐
　　✕りゅうし

48 れいぞうこ **❸** 【冷蔵庫】 冰箱 ☐ ☐

  ✕れいぞこ　✕れいぞおこ

49 れんしゅう **⓪** 【練習】 練習 ☐ ☐

  ✕れんしょう　✕れんしゅ

50 わかります **❹** 【分かります】 知道 ☐ ☐

  ✕わがります

練習問題

1. まいにち　牛乳を　のみます。
   ①ぎゅにゅう　　②ぎゅうにょう　③ぎゅうにゅ　　④ぎゅうにゅう

2. せんせいの　お父さんも　せんせいです。
   ①おどうさん　　②おとおさん　　③おとさん　　　④おとうさん

3. 飛行機に　のった　ことが　ありません。
   ①ひこき　　　　②ひいこき　　　③ひこうき　　　④ひこうきい

4. 封筒を　いちまい　ください。
   ①ふうと　　　　②ふうとう　　　③ふとう　　　　④ふうどう

5. あねは　まだ　結婚して　いません。
   ①けっこん　　　②けっごん　　　③げっこん　　　④けこん

6. すみません、辞書を　かして　ください。
   ①じしゅ　　　　②じいしょ　　　③じしょ　　　　④じしゅう

7. 弟は　だいがくせいです。
   ①おとと　　　　②おとおと　　　③おうとうと　　④おとうと

8. これから　病院へ　いきます。

　　①びょういん　　②びょいん　　　③びゅいん　　　④びゅういん

9. てんきが　いいですから、洗濯しましょう。

　　①せんだく　　　②せんたく　　　③せんたぐ　　　④せんだぐ

10. 図書館で　べんきょうしませんか。

　　　①としゅかん　　②どしょかん　　　③としょかん　　　④としゅうかん

解答：1.④　2.④　3.③　4.②　5.①　6.③　7.④　8.①　9.②　10.③

問題解析

1. 毎日牛乳を飲みます。　每天都會喝牛奶。

2. 先生のお父さんも先生です。　老師的爸爸也是老師。

3. 飛行機に乗ったことがありません。　沒有坐過飛機。

4. 封筒を1枚ください。　請給我一個信封。

5. 姉はまだ結婚していません。　姊姊還沒有結婚。

6. すみません、辞書を貸してください。　不好意思，請借我字典。

7. 弟は大学生です。　弟弟是大學生。

8. これから病院へ行きます。　接下來要去醫院。

9. 天気がいいですから、洗濯しましょう。　天氣很好，來洗衣服吧。

10. 図書館で勉強しませんか。　要在圖書館讀書嗎？

2-4 その他（其他）

特殊漢字的讀音 🔊 MP3-78

1 【今朝】 ❶ けさ 今早 ☐☐

2 【今日】 ❶ きょう 今天 ☐☐

3 【昨日】 ❷ きのう 昨天 ☐☐

4 【今年】 ⓪ ことし 今年 ☐☐

5 【九時】 ❶ くじ 九點 ☐☐

6 【四時】 ❶ よじ 四點 ☐☐

7 【二十日】 ⓪ はつか 二十號 ☐☐

8 【お土産】 ⓪ おみやげ 伴手禮 ☐☐

9 【八百屋】 ⓪ やおや 蔬菜店 ☐☐

10 【下手】 ❷ へた 不拿手 ☐☐

11 【上手】 ❸ じょうず 拿手 ☐☐

12 【面白い】 ❹ おもしろい 有趣 ☐☐

1 電気を つけます。 **開燈。** ☐☐
　　✕電気を 開きます。

2 電気を 消します。 **關燈。** ☐☐
　　✕電気を 閉めます。

3 ホテルに 泊まります。 **投宿飯店。** ☐☐
　　✕ホテルに 住みます。

4 薬を 飲みます。 **吃藥。** ☐☐
　　✕薬を 食べます。

5 勉強します。 **讀書。** ☐☐
　　✕本を 読みます。

6 新聞を 読みます。 **看報紙。** ☐☐
　　✕新聞を 見ます。

7 宿題を します。 **寫功課。** ☐☐
　　✕宿題を 書きます。

8 友達に 会います。 **見朋友。** ☐☐
　　✕友達を 見ます。

🔊 MP3-80

1 じどうしゃ ❷ ❿ 【自動車】 車子 ☐☐
　じてんしゃ ❷ ❿ 【自転車】 腳踏車

2 よっか ❿ 【四日】 四號、四天 ☐☐
　ようか ❿ 【八日】 八號、八天

3 そぼ ❶ 【祖母】 祖母 ☐☐
　そふ ❶ 【祖父】 祖父

4 また ❿ 　再 ☐☐
　まだ ❶ 　還沒

5 ちょうど ❿ 　剛好 ☐☐
　ちょっと ❶ ❿ 　一點

1. 八百屋 （　　　　　　　　　）

2. 今日　 （　　　　　　　　　）

3. 下手　 （　　　　　　　　　）

4. お土産 （　　　　　　　　　）

5. 二十日 （　　　　　　　　　）

解答：**1.** やおや　**2.** きょう　**3.** へた　**4.** おみやげ　**5.** はつか

1. くらいですから、でんきを（　　　）。

　①あけます　　　②けします　　　③しめます　　　④つけます

2. にちようび　ともだちに（　　　）。

　①あいます　　　②みます　　　③あきます　　　④あそびます

3. 東京で　ホテルに（　　　）。

　①とめます　　　②すいます　　　③とまります　　　④すみます

4. まいにち　しゅくだいを（　　　）。

　①かります　　　②かきます　　　③かけます　　　④します

5. 1にちに　3かい　くすりを（　　　）。

　①よみます　　　②のみます　　　③たべます　　　④すみます

解答：1.④　2.①　3.③　4.④　5.②

問題解析 2

1. 暗いですから、電気をつけます。　太暗了，所以開燈。

2. 日曜日友達に会います。　星期日和朋友見面。

3. 東京でホテルに泊まります。　在東京投宿飯店。

4. 毎日宿題をします。　每天做功課。

5. 1日に3回薬を飲みます。　一天吃三次藥。

1.（まだ　また）ひるごはんを　たべて　いません。

2.（ちょうど　ちょっと）まって　ください。

3. きょうは　いちがつ　<u>八日</u>です。

　　①よっか　　　　　②はつか　　　　　③はちにち　　　　④ようか

4. わたしの　<u>祖母</u>は　80さいです。

　　①そぼ　　　　　②そば　　　　　③そふ　　　　　④おば

解答：1. まだ　2. ちょっと　3. ④　4. ①

問題解析 3

1. <ruby>まだ<rt></rt></ruby><ruby>昼<rt>ひる</rt></ruby><ruby>ご飯<rt>はん</rt></ruby>を<ruby>食<rt>た</rt></ruby>べていません。　還沒有吃午餐。

2. ちょっと<ruby>待<rt>ま</rt></ruby>ってください。　請等一下。

3. <ruby>今日<rt>きょう</rt></ruby>は１月<ruby>8日<rt>いちがつようか</rt></ruby>です。　今天是一月八號。

4. わたしの<ruby>祖母<rt>そぼ</rt></ruby>は８０<ruby>歳<rt>はちじゅっさい</rt></ruby>です。　我的祖母是八十歲。

1 たのしい❸【楽しい】 快樂的 ☐☐
　　うれしい❸【嬉しい】開心的

2 あつい❷【暑い】 熱的 ☐☐
　　あつい❷【熱い】 燙的

3 さむい❷【寒い】 冷的 ☐☐
　　つめたい❶❸【冷たい】 冰的

4 やさしい❶❸【優しい】 溫柔的 ☐☐
　　やすい❷【安い】 便宜的

5 なか❶【中】 裡面 ☐☐
　　あいだ❶【間】 中間

6 おと❷【音】（無生命的物品發出的）聲音 ☐☐
　　こえ❶【声】（有生命的生物發出的）聲音

7 ぜんぶ❶【全部】 全部 ☐☐
　　ぜんぶで❶【全部で】 總共

8 まっすぐ❸ 直直地 ☐☐
　　すぐ❶ 馬上

9 あるきます❹ 【歩きます】 走

　　はしります❹ 【走ります】 跑

10 はなします❹ 【話します】 說、講

　　いいます❸ 【言います】 說

11 しんぶん❶ 【新聞】 報紙

　　ニュース❶ 新聞

12 きます❷ 【着ます】 穿（衣服等）

　　はきます❸ 【穿きます・履きます】 穿（鞋子、褲子）

13 かします❸ 【貸します】 借出

　　かります❸ 【借ります】 借入

　　かえします❹ 【返します】 還

1【一日】　□□

1) ついたち　一號（日期）

一月<ruby>一日<rt>いちがつついたち</rt></ruby>は　<ruby>元旦<rt>がんたん</rt></ruby>です。

一月一日是元旦。

2) いちにち　一天

この　<ruby>仕事<rt>しごと</rt></ruby>は　<ruby>一日<rt>いちにち</rt></ruby>で　できます。

這個工作一天之內可以做完。

2【中】　□□

1) ちゅう　〜中

（形容時間、範圍內的一部分，表示剛好正在做

某個行為或動作）

<ruby>今<rt>いま</rt></ruby>　<ruby>部長<rt>ぶちょう</rt></ruby>は　<ruby>電話中<rt>でんわちゅう</rt></ruby>です。

現在部長電話中。

2) じゅう　整〜

（形容時間、範圍的整體，表示該時間一直〜、

或該場所全部〜）

<ruby>今日<rt>きょう</rt></ruby>は　<ruby>一日中<rt>いちにちじゅう</rt></ruby>　<ruby>忙<rt>いそが</rt></ruby>しかったです。

今天一整天都很忙。

3【<ruby>高<rt>たか</rt></ruby>い】　1) 高的　2) 貴的　□□

4 やさしい　1)【優しい】　溫柔的　□□
　　　　　　　2)【易しい】　簡單的

302

5 【綺麗（な）】 1) 漂亮的　2) 乾淨的　　□□

6 はし 1)【橋】 橋　　□□
　　　 2)【箸】 筷子

7 はやい 1)【早い】 早的　　□□
　　　　 2)【速い】 快的

8 【入ります】 はいります 進入　　□□
　 【入れます】 いれます 放進、放入

9 【出ます】 でます 出去、出來　　□□
　 【出します】 だします 取出、拿出、寄出

10 【来ます】 きます 來　　□□
　 【来ない】 こない 不來
　 【来て】 きて 過來
　 【来る】 くる 來

11 【降ります】 おります 下（交通工具）　　□□
　 【降ります】 ふります 下（雨、雪）

12 【休みます】 やすみます 請假　　□□
　 今日は 頭が 痛いですから、学校を 休みます。
　 今天因為頭痛，要向學校請假。
　 【休みです】 やすみです 休息
　 毎週 月曜日、ＡＢＣレストランは 休みです。
　 每星期一ABC餐廳公休。

1. きょうは　ゆきが　ふって　いますから、とても　（　　　）です。
　①さむい　　　　　②すずしい　　　③つめたい　　　④あたたかい

2. あたらしい　スカートを　（　　　）、パーティーに　いきます。
　①きて　　　　　　②つけて　　　　③もって　　　　④はいて

3. えんぴつを　わすれましたから、1ぽん　（　　　）ください。
　①かけて　　　　　②かして　　　　③かりて　　　　④かえして

4. この　にほんごの　もんだいは　とても　（　　　）です。
　①やすい　　　　　②やさい　　　　③はやい　　　　④やさしい

5. もっと　おおきい　声で　はなして　ください。
　①おと　　　　　　②くち　　　　　③こえ　　　　　④うた

解答：1.①　2.④　3.②　4.④　5.③

問題解析 4

1. 今日は雪が降っていますから、とても寒いです。　今天下雪，所以非常冷。

2. 新しいスカートを穿いて、パーティーに行きます。　穿上新裙子去派對。

3. 鉛筆を忘れましたから、1本貸してください。
　忘記帶鉛筆了，所以請借我一支。

4. この日本語の問題はとても易しいです。　這個日文的問題非常簡單。

5. もっと大きい声で話してください。　請再大聲一點講話。

1. バスを　<u>降</u>ります。（　　　　）

2. レストランに　<u>入</u>ります。（　　　　）

3. てがみを　<u>出</u>します。（　　　　）

4. せんせいは　まだ　<u>来</u>て　いません。　（　　　　）

5. 毎朝　（早く　速く）起きます。

解答：**1.** お　**2.** はい　**3.** だ　**4.** き　**5.** 早く

問題解析 **5**

1. バスを<u>降</u>ります。　下公車。

2. レストランに<u>入</u>ります。　進餐廳。

3. 手紙を<u>出</u>します。　寄信。

4. 先生はまだ<u>来</u>ていません。　老師還沒有來。

5. 毎朝<u>早</u>く起きます。　每天早上早起。

2-5 総合練習（總複習）

そうごうれんしゅう

問題 1 請寫出劃下線的漢字讀音。

1. あの　方は　どなたですか。（　　　　　）

2. けさ　しちじに　いえを　出ました。（　　　　　）

3. 4月に　にほんへ　いきます。（　　　　　）

4. らいげつ　国へ　かえります。（　　　　　）

5. 台北は　にぎやかな所　です。（　　　　　）

6. まい年　がいこくへ　あそびに　いきます。（　　　　　）

7. 後で　プールへ　いきたいです。（　　　　　）

8. 時間が　ありませんから、いそいで　ください。（　　　　　）

9. もう　にほんの　せいかつに　慣れましたか。（　　　　　）

10. わたしの　しゅみは　音楽を　きく　ことです。（　　　　　）

解答：1. かた　2. で　　3. しがつ　4. くに　5. ところ
　　　6. とし　7. あと　8. じかん　9. な　　10. おんがく

1. あの<ruby>方<rt>かた</rt></ruby>はどなたですか。 那位是哪一位呢？

2. <ruby>今朝<rt>けさ</rt></ruby> 7 <ruby>時<rt>じ</rt></ruby>に<ruby>家<rt>いえ</rt></ruby>を<ruby>出<rt>で</rt></ruby>ました。 今天早上七點從家裡出門了。

3. <ruby>4月<rt>しがつ</rt></ruby>に<ruby>日本<rt>にほん</rt></ruby>へ<ruby>行<rt>い</rt></ruby>きます。 四月要去日本。

4. <ruby>来月<rt>らいげつ</rt></ruby><ruby>国<rt>くに</rt></ruby>へ<ruby>帰<rt>かえ</rt></ruby>ります。 下個月回國。

5. <ruby>台北<rt>たいぺい</rt></ruby>は<ruby>賑<rt>にぎ</rt></ruby>やかな<ruby>所<rt>ところ</rt></ruby>です。 臺北是熱鬧的地方。

6. <ruby>毎年<rt>まいとし</rt></ruby><ruby>外国<rt>がいこく</rt></ruby>へ<ruby>遊<rt>あそ</rt></ruby>びに<ruby>行<rt>い</rt></ruby>きます。 每年都去外國玩。

7. <ruby>後<rt>あと</rt></ruby>でプールへ<ruby>行<rt>い</rt></ruby>きたいです。 等等想去游泳池。

8. <ruby>時間<rt>じかん</rt></ruby>がありませんから、<ruby>急<rt>いそ</rt></ruby>いでください。 沒有時間了，請快一點。

9. もう<ruby>日本<rt>にほん</rt></ruby>の<ruby>生活<rt>せいかつ</rt></ruby>に<ruby>慣<rt>な</rt></ruby>れましたか。 已經習慣日本的生活了嗎？

10. わたしの趣味は<ruby>音楽<rt>おんがく</rt></ruby>を<ruby>聞<rt>き</rt></ruby>くことです。 我的興趣是聽音樂。

第二章、漢字

307

1. まいにち　両親に　でんわを　かけます。
　　①りょうしん　　②りゅうしん　　③りょしん　　　④りゅしん

2. もう　宿題が　おわりました。
　　①しゅうくだい　②しゃくだい　　③しゅくだい　　④しょくだい

3. 交番は　どこですか。
　　①こうぱん　　　②こばん　　　　③こおばん　　　④こうばん

4. えいがの　切符を　3まい　かいました。
　　①きって　　　　②きっぷ　　　　③きっぶ　　　　④きりふ

5. 冷蔵庫の　なかに　ビールが　5ほん　あります。
　　①れいぞうこ　　②れえそうこ　　③れいそうこ　　④れいぞおこ

解答：1.①　2.③　3.④　4.②　5.①

問題解析2

1. 毎日両親に電話をかけます。　毎天打電話給雙親。

2. もう宿題が終わりました。　作業已經完成了。

3. 交番はどこですか。　派出所在哪裡呢？

4. 映画の切符を3枚買いました。　買了三張電影票。

5. 冷蔵庫の中にビールが5本あります。　冰箱裡面有五瓶啤酒。

問題 3

1. ゆう<u>びん</u>きょくへ　てがみを　だしに　いきます。

　　①更　　　　　　　②便　　　　　　　③硬　　　　　　　④車

2. にほんの　ともだちに　<u>あ</u>いたいです。

　　①会　　　　　　　②合　　　　　　　③今　　　　　　　④金

3. <u>ゆき</u>を　みたことが　ありません。

　　①電　　　　　　　②雪　　　　　　　③曇　　　　　　　④雨

4. <u>ごご</u>から　あめが　ふりました。

　　①牛　　　　　　　②午　　　　　　　③朱　　　　　　　④昨

5. むすめは　にほんに　<u>す</u>んで　います。

　　①住　　　　　　　②往　　　　　　　③主　　　　　　　④注

解答：1. ②　2. ①　3. ②　4. ②　5. ①

問題解析 3

1. 郵便局へ手紙を出しに行きます。　去郵局寄信。

2. 日本の友達に会いたいです。　想跟日本的朋友見面。

3. 雪を見たことがありません。　沒有看過雪。

4. 午後から雨が降りました。　下午開始下雨了。

5. 娘は日本に住んでいます。　女兒住在日本。

MEMO

第三章

あい　さつ
（招呼用語）

招呼用語的應答也是新日檢必考的一環。不論是初次見面、與人分開還是拜訪他人，此章節彙整各種情境下與人問候的用語，並清楚說明用語之間的使用時機、用法差異，讓您考試時不會覺得每句都模稜兩可，反而一眼就能選出最正確的應答。

初次見面

1. はじめまして。　初次見面。

2. どうぞ　よろしく　お願^{ねが}いします。　請多多指教。

3. こちらこそ。　彼此彼此。

見到人時

1. おはよう　ございます。　早安。

2. こんにちは。　午安。

3. こんばんは。　晚安。

見到很久沒見的人

1. おひさしぶりです。　好久不見。

2. おげんきですか。　你好嗎？

3. おかげさまで。　托您的福（我很好）。

與人分開時

1. さようなら。　再見。

2. どうぞ　お元気^{げんき}で。　多多保重。

注意：以上二句，是對將有一陣子不會再見的人說的話。

晚上與人分離時或者睡前

おやすみなさい。　晚安。

注意：睡覺前以及晚上和人分開時，不會説「さようなら」，而是要説「おやすみなさい」。
　　　「なさい」為禮貌用法。

道謝

1. どうも。　謝謝。

2. ありがとう　ございます。　謝謝您。

3. いいえ、どういたしまして。　不客氣。

4. すみません。　不好意思。

注意：「どうも」的禮貌程度，比「ありがとう」來得低一些，而「ございます」為禮貌用法。
　　　另外，「すみません」意思雖然是「不好意思」，但同時也用來表達「感謝之意」。

用餐時

1. おなかが　すきました。　肚子餓了。

2. いただきます。　我要開動了。

3. ごちそうさまでした。　謝謝招待。

4. おなかが　いっぱいです。　吃飽了。

注意：「ごちそうさま」後面加「でした」會更有禮貌。

外出時

1. 行って　きます。　我出門了。

2. 行ってらっしゃい。　路上小心、慢走。

回家時

1. ただいま。　我回來了。

2. お帰^{かえ}りなさい。　歡迎回來。

注意：「お帰^{かえ}り」後面加「なさい」會更有禮貌。

拜訪他人時

1. おじゃまします。　打擾了。

2. いらっしゃい。　歡迎。

3. どうぞ（おあがりください）。　請進。

對生病的人

お大事^{だいじ}に。　保重。

道歉

1. ごめんなさい。　不好意思。

2. すみません。　不好意思、對不起。

3. 失礼^{しつれい}しました。　失禮了。

注意：・「ごめんなさい」用在對朋友、家人、親密的人時，加上「なさい」會比用「ごめん」
　　　更有禮貌。

　　　・「すみません」用在對不親、不熟的對象或是長輩時。

　　　・「失礼^{しつれい}しました」比「ごめんなさい」、「すみません」更委婉、客氣。

拜託他人時

お願いします。 拜託您了。

進入室內時、離開時

1. 失礼します。 打擾了。（用在進入室內時）

2. 失礼しました。 打擾了。（用在離開時）

3. お先に 失礼します。 先告辭了。

4. そろそろ 失礼します。 差不多該告辭了。

祝賀時

おめでとう ございます。 恭喜。

注意：使用「ございます」為禮貌用法。

推薦、勸告

1. どうですか。 如何呢？

2. どうぞ。 請。

3. いかがですか。 如何呢？

注意：「いかがですか」比「どうですか」更有禮貌。

呼喚他人時

すみません。 不好意思。

注意：「すみません」、「失礼します」、「どうぞ」等，都有多種意思，要多注意。

a. どうも、ありがとうございます。

b. 行ってきます。 c. おはようございます。

d. おめでとう。 e. いらっしゃい。

f. 失礼します。 g. すみません。

h. 行っていらっしゃい。 i. どうぞ。

j. お大事に。 k. こんにちは。

l. こんばんは。 m. いただきます。

n. いいえ、どういたしまして。

例（　n　）　　1.（　　　）　　2.（　　　）

3.（　　　）　　4.（　　　）　　5.（　　　）

6.（　　　）　　7.（　　　）　　8.（　　　）

9. （　　　）

10. （　　　）

11. （　　　）

12. （　　　）

解答：1. m　2. a　3. e　4. j　5. b　6. d　7. k　8. i　9. l　10. c　11. h　12. f

問題解析 1

a. 非常謝謝。　　　b. 我出門了。　　　c. 早安。　　　d. 恭喜。

e. 歡迎。　　　　　f. 打擾了。　　　　g. 不好意思。　　　h. 慢走。

i. 請。　　　　　　j. 請保重。　　　　k. 午安。　　　　l. 晚安。

m. 我要享用了。　　n. 不客氣。

1.「コーヒー、いかがですか。」

　①「そうですね。おいしかったです。」

　②「はい、おめでとう　ございます。」

　③「いいですね。そうしましょう。」

　④「ありがとう　ございます。いただきます。」

2.「いって　きます。」

　①「いただきます。」

　②「おだいじに。」

　③「いってらっしゃい。」

　④「おげんきで。」

3.「ただいま。」

　①「いってらっしゃい。」

　②「いって　きます。」

　③「おかえりなさい。」

　④「おやすみなさい。」

4.「はじめまして、どうぞ　よろしく　おねがいします。」

　①「わたしも　はじめましてです。」

　②「はい、ありがとう　ございます。」

　③「こちらこそ、よろしく。」

　④「いいえ、どういたしまして。」

5.「おじゃまします。」

　　①「どういたしまして。」

　　②「いらっしゃい。」

　　③「すみませんでした。」

　　④「おかげさまで。」

．．．．．．．．．．．．．．．．．．．．．

解答：1.④　2.③　3.③　4.③　5.②

問題解析 2

1.「要來杯咖啡嗎？」

　　①「這個嘛。很美味。」　　　　　②「是，恭喜你。」

　　③「不錯呢。就這樣做吧。」　　　④「謝謝。我就享用了。」

2.「我出門了。」

　　①「我就享用了。」　　　　　　　②「請保重。」

　　③「慢走。」　　　　　　　　　　④「多保重。」

3.「我回來了。」

　　①「慢走。」　　　　　　　　　　②「我出門了。」

　　③「歡迎回來。」　　　　　　　　④「晚安。」

4.「初次見面，請多多指教。」

　　①「我也是第一次。」　　　　　　②「好，謝謝。」

　　③「我才是，請多多指教。」　　　④「不客氣。」

5.「打擾了。」

　　①「不客氣。」　　　　　　　　　②「歡迎。」

　　③「不好意思。」　　　　　　　　④「托您的福。」

MEMO

第四章

模擬試題＋解析

實戰模擬不可少！最後一章節，完整模擬新日檢 N5 文字‧語彙題型，讓您上考場前實際演練，測試熟讀成效。

4-1 模擬試題

もんだい1　つぎの　ぶんの　＿＿＿＿＿の　ことばは　どう
　　　　　　よみますか。　それぞれ　**1.2.3.4.**の　なかから
　　　　　　いちばん　いい　ものを　ひとつ　えらびなさい。

1 いま　四時　です。
　　1. しじ　　　　　2. よんじ　　　　3. よじ　　　　4. よっじ

2 わたしの　くるまは　青です。
　　1. あお　　　　　2. あか　　　　　3. くろ　　　　4. しろ

3 すみません、これを　持って　ください。
　　1. かって　　　　2. きって　　　　3. もって　　　4. まって

4 きょうは　水ようびです。
　　1. もく　　　　　2. すい　　　　　3. か　　　　　4. にち

5 この　はこの　中に　おかしが　あります。
　　1. ちゅう　　　　2. じゅう　　　　3. よこ　　　　4. なか

6 いすの　後ろに　こどもが　います。
　　1. あと　　　　　2. うし　　　　　3. ほう　　　　4. まえ

7 みかんが　八つ　あります。
　　1. むっ　　　　　2. よっ　　　　　3. やっ　　　　4. ここの

8 わたしは　かみが　<u>短い</u>です。

1. ながい　　　　2. きれい　　　　3. みじかい　　　4. きたない

9 ここに　<u>座っても</u>　いいですか。

1. すわって　　　2. はいって　　　3. とって　　　　4. まって

10 <u>小さい</u>　テレビが　ほしいです。

1. こ　　　　　　2. しょう　　　　3. すく　　　　　4. ちい

11 あの　<u>方</u>は　どなた　ですか。

1. ほう　　　　　2. かた　　　　　3. ひと　　　　　4. ほお

12 まだ　<u>少し</u>　じかんが　あります。

1. すく　　　　　2. しょう　　　　3. すこ　　　　　4. しゅう

もんだい2　つぎの　ぶんの　＿＿＿＿＿＿の　ことばは　かんじや
かなで　どう　かきますか。　それぞれ　**1.2.3.4.**の
なかから　いちばん　いい　ものを　ひとつ
えらびなさい。

13 いえの　<u>まえに</u>　こうえんが　あります。

1. 隣　　　　　　2. 横　　　　　　3. 前　　　　　　4. 後

14 ともだちに　<u>おかね</u>を　かりました。

1. 本　　　　　　2. 金　　　　　　3. 傘　　　　　　4. 車

15 あしたまでに　れぽーとを　だします。

1. レポート　　　2. スポーツ　　　3. ネポート　　　4. ラポーツ

16 あねは　えいごの　せんせいです。

1. 姉　　　　　　2. 兄　　　　　　3. 母　　　　　　4. 父

17 わたしの　いぬは　とても　おおきいです。

1. 家　　　　　　2. 犬　　　　　　3. 猫　　　　　　4. 顔

18 この　ほんは　うすいです。

1. 高い　　　　　2. 安い　　　　　3. 薄い　　　　　4. 厚い

19 おとうとは　さっかーが　じょうずです。

1. キッカー　　　2. サッカー　　　3. スッカー　　　4. ケッカー

20 デパートで　せんせいに　あいました。

1. 会　　　　　　2. 買　　　　　　3. 見　　　　　　4. 言

もんだい3　つぎの　ぶんの　（　　）の　ことばは　どれ
　　　　　いいですか。　それぞれ　1.2.3.4.の　なかから
　　　　　いちばん　いい　ものを　ひとつ　えらびなさい。

21 にほんごが　わかりませんから、すみませんが、（　　　）
　　はなして　ください。

1. ずっと　　　　2. ゆっくり　　　3. もっと　　　4. はやく

22 にほんごの　せんせいは　（　　　）　ひとです。

1. やすい　　　　　2. やさしい　　　3. きれい　　　　　4. たかい

23 コンサートは　（　　　）　10ぷんで　はじまります。

1. もう　　　　　　2. まだ　　　　　3. すこし　　　　　4. あと

24 はじめて　にほんごで　（　　　）を　かきました。

1. さくぶん　　　　2. えんぴつ　　　3. べんきょう　　4. ひらがな

25 （　　　）で　アイスクリームを　たべます。

1. レポート　　　　2. ピアノ　　　　3. スプーン　　　4. スポーツ

26 かぜが　（　　　）なりましたから、まどを　しめましょうか。

1. おおく　　　　　2. うすく　　　　3. わるく　　　　　4. つよく

27 つぎの　えきで　でんしゃを　（　　　）ください。

1. のって　　　　　2. おりて　　　　3. うんてんして　4. いって

28 わたしは　まいにち　ごはんを　（　　　）。

1. つくります　　　2. つかいます　　3. つかれます　　4. つけます

29 ここは　ひるは　にぎやかですが、よるは　（　　　）です。

1. くらい　　　　　2. くろい　　　　3. おそい　　　　　4. しずか

30 ほんを　1（　　　）かいました。

1. ほん　　　　　　2. こ　　　　　　3. さつ　　　　　　4. だい

もんだい**4** つぎの ＿＿＿＿＿の ぶんと だいたい おなじ いみの
ぶんは どれですか。 それぞれ **1.2.3.4.**の なかから
いちばん いい ものを ひとつ えらびなさい。

31 この もんだいは かんたんです。

1. この もんだいは おもしろいです。

2. この もんだいは むずかしいです。

3. この もんだいは やさしいです。

4. この もんだいは すくないです。

32 へやの でんきを けします。

1. へやを すずしく します。

2. へやを あたたかく します。

3. へやを あかるく します。

4. へやを くらく します。

33 のどが かわきました。

1. これから のみます。

2. たくさん のみました。

3. のみものを あげます。

4. もっと のみたいです。

34 アルバイトの やすみは もくようびだけです。

1. きんようびから すいようびまで やすみです。

2. きんようびから すいようびまで はたらきません。

3. もくようび　アルバイトが　ありません。

4. もくようび　やすみたいです。

35 <u>わたしの　ははは　きょうしです。</u>

1. ははは　はたらいていません。

2. りょうしんは　きょうしです。

3. ははは　がっこうで　べんきょうして　います。

4. ははは　せんせいです。

4-2 解答＋問題解析

問題1

1	3	2	1	3	3	4	2	5	4	6	2	7	3	8	3	9	1	10	4

11	2	12	3

問題2

13	3	14	2	15	1	16	1	17	2	18	3	19	2	20	1

問題3

21	2	22	2	23	4	24	1	25	3	26	4	27	2	28	1	29	4	30	3

問題4

31	3	32	4	33	1	34	3	35	4

問題1 次の 文の ＿＿＿＿＿の 言葉は どう 読みますか。 それぞれ 1.2.3.4. の 中から 一番 いい ものを 1つ 選びなさい。

問題1 以下句子劃＿＿＿＿的語彙怎麼唸呢？請從1.2.3.4. 中選出一個最佳答案。

1 今四時です。　現在是四點。

2 わたしの車は青です。　我的車是藍色的。

3 すみません、これを持ってください。　不好意思，請帶著這個。

4 今日は水曜日です。　今天是星期三。

5 この箱の中にお菓子があります。　這個盒子中有點心。

6 椅子の後ろに子供がいます。　椅子的後面有小朋友。

7 みかんが八つあります。　柑橘有八個。

8 わたしは髪が短いです。　我的頭髮很短。

9 ここに座ってもいいですか。　坐在這邊可以嗎？

10 小さいテレビがほしいです。　想要小台的電視。

11 あの方はどなたですか。　那一位是哪一位呢？

12 まだ少し時間があります。　還有一些時間。

問題2 次の 文の ＿＿＿＿の 言葉は 漢字や 仮名で どう 書きますか。 それぞれ **1.2.3.4.** の 中から 一番 いい ものを **1つ** 選びなさい。

問題2 以下句子劃＿＿＿＿的語彙的漢字或假名怎麼寫呢？

請從1. 2. 3. 4. 中選出一個最佳答案。

13 家の前に公園があります。 家的前面有公園。

14 友達にお金を借りました。 跟朋友借錢了。

15 明日までにレポートを出します。 請在明天之前交出報告。

16 姉は英語の先生です。 姊姊是英文老師。

17 わたしの犬はとても大きいです。 我的狗非常大隻。

18 この本は薄いです。 這本書很薄。

19 弟はサッカーが上手です。 弟弟對於足球很拿手。

20 デパートで先生に会いました。 在百貨公司遇到老師了。

問題3 次の 文の （　　　）の 言葉は どれ いいですか。
それぞれ　1.2.3.4.の 中から 一番 いい ものを
1つ 選びなさい。

問題3 以下句子（　　　　）中的語彙哪一個好呢？請從1. 2. 3. 4.

中選出一個最佳答案。

21 日本語が分かりませんから、すみませんが、ゆっくり話してください。

因為不懂日文。不好意思，請慢慢地説。

22 日本語の先生は優しい人です。 日文老師是很溫柔的人。

23 コンサートはあと10分で始まります。 音樂會再十分鐘開始。

24 初めて日本語で作文を書きました。 第一次用日文寫了作文。

25 スプーンでアイスクリームを食べます。 用湯匙吃冰淇淋。

26 風が強くなりましたから、窓を閉めましょうか。

因為風變強了，所以關上窗戶吧？

27 次の駅で電車を降りてください。 請在下一站下電車。

28 わたしは毎日ご飯を作ります。 我每天做飯。

29 ここは昼はにぎやかですが、夜は静かです。

這裡白天很熱鬧，但是晚上很安靜。

30 本を1冊買いました。 買了一本書。

問題4 次の _____ の 文と 大体 同じ 意味の 文は
どれですか。 それぞれ 1.2.3.4.の 中から 一番
いい ものを 1つ 選びなさい。

問題4 與以下劃_____的句子大致相同意思的是哪一個呢？
請從1.2.3.4.中選出一個最佳答案。

---

31 この問題は簡単です。 這個問題很簡單。

1. この問題は面白いです。 這個問題很有趣。

2. この問題は難しいです。 這個問題很困難。

3. この問題は易しいです。 這個問題很容易。

4. この問題は少ないです。 這個問題很少。

32 部屋の電気を消します。 關房間的電燈。

1. 部屋を涼しくします。 把房間變涼。

2. 部屋を暖かくします。 把房間變溫暖。

3. 部屋を明るくします。 把房間變亮。

4. 部屋を暗くします。 把房間變暗。

33 喉が渇きました。 喉嚨很渴。

1. これから飲みます。 等一下要喝東西。

2. たくさん飲みました。 喝了很多。

3. 飲み物をあげます。 給人家飲料。

4. もっと飲みたいです。 還想喝更多。

34 アルバイトの休みは木曜日だけです。　打工的休假日只有星期四而已。

1. 金曜日から水曜日まで休みです。　從星期五到星期三都休息。

2. 金曜日から水曜日まで働きません。　從星期五到星期三不工作。

3. 木曜日アルバイトがありません。　星期四沒有打工。

4. 木曜日休みたいです。星期四想休息。

35 わたしの母は教師です。　我的媽媽是教師。

1. 母は働いていません。　媽媽沒有工作。

2. 両親は教師です。　父母親都是教師。

3. 母は学校で勉強しています。　媽媽在學校學習。

4. 母は先生です。　媽媽是老師。

· 國家圖書館出版品預行編目資料

必考！新日檢N5文字‧語彙 / 本間岐理著
-- 初版 -- 臺北市：瑞蘭國際, 2017.11
336面；17×23公分 --（檢定攻略系列；49）
ISBN：978-986-95584-1-9（平裝附光碟片）
1.日語 2.詞彙 3.能力測驗

803.189   106017977

檢定攻略系列 49

必考！新日檢N5文字‧語彙

作者｜本間岐理‧責任編輯｜林家如、王愿琦、葉仲芸
校對｜本間岐理、林家如、王愿琦

日語錄音｜本間岐理‧錄音室｜純粹錄音後製有限公司
封面設計、版型設計、內文排版｜余佳憓‧插畫｜Syuan Ho

董事長｜張暖彗‧社長兼總編輯｜王愿琦‧主編｜葉仲芸
編輯｜潘治婷‧編輯｜林家如‧編輯｜林珊玉‧設計部主任｜余佳憓
業務部副理｜楊米琪‧業務部組長｜林湲洵‧業務部專員｜張毓庭
編輯顧問｜こんどうともこ

法律顧問｜海灣國際法律事務所　呂錦峯律師

出版社｜瑞蘭國際有限公司‧地址｜台北市大安區安和路一段104號7樓之1
電話｜(02)2700-4625‧傳真｜(02)2700-4622‧訂購專線｜(02)2700-4625
劃撥帳號｜19914152 瑞蘭國際有限公司‧瑞蘭國際網路書城｜www.genki-japan.com.tw

總經銷｜聯合發行股份有限公司‧電話｜(02)2917-8022、2917-8042
傳真｜(02)2915-6275、2915-7212‧印刷｜宗祐印刷有限公司
出版日期｜2017年11月初版1刷‧定價｜350元‧ISBN｜978-986-95584-1-9